KB136529

잠시 멈추고 싶다.
가슴이 따뜻해질 때까지

잠시 멈추고 싶다.
가슴이 따뜻해질 때까지

김선호 에세이

잠시 멈추고 싶다.
가슴이 따뜻해질 때까지

들어가는 글

손가락으로 하늘에 쓰다

러시아 작가 페테르 우스펜스키의 소설《이반 오소킨의 인생 여행》 중에는 삶에서 희망을 발견하지 못하고 더 이상 살아갈 가치를 잃어버린 주인공 오소킨이 어느 마법사에게 인생을 다시 시작할 수 있도록 과거로 돌려보내 달라고 애원하는 장면이 나온다.

오소킨 : 이 삶을 계속 살아갈 가치가 있을까요?

마법사 : 그건 그대의 일이야. 그대 스스로 결정해야만 해. 하지만 한 가지는 기억하게. 지금 상태에서 맹목적으로 과거로 돌아간다면 그대는 다시 똑같은 일을 할 것이고, 전에 일어났던 일이 반복되는 걸 피하지 못할 거야. 그대는 내내 어떻게 하면 되느냐고 묻지. 나는 '삶을 살라'고 대답하겠네. 그것이 그대에게 주어진 유일한 기회야.

소설 속 주인공 오소킨은 지금까지 살아오는 동안 미래에 대한 두려움, 자신에 대한 불신 등으로 스스로 삶을 주도하지 못하고 누군가 자신의 삶을 인도해주기만을 기대하면서 살았다. 결국 주인공은 사랑하는 연인과 친구, 가족은 물론 자신의 미래까지 모든 것을 잃고 만다.

삶의 절망 앞에 선 주인공은 이런 생각을 한다.

'지금의 기억을 그대로 간직한 채 과거로 돌아간다면 반드시 후회하지 않는 삶을 살 수 있을 텐데.'

주인공은 마법사에게 애원한다. 마법사는 주인공이 원하는 대로 학창 시절로 되돌려 보낸다. 하지만 지금의 기억을 그대로 간직한 채 과거로 돌아간 주인공은 자신이 매 순간 어떻게 해왔는지 알고 있지만, 단 한 번도 그때와 다른 선택을 하지 못하고 마법사의 말대로 결국 똑같은 모습으로 되돌아오고 만다.

소설 속 주인공 오소킨의 모습이 지난 과거를 후회하며 되돌아보는 내 모습과 크게 다르지 않다. 이 소설의 작가인 우스펜스키는 자신의 삶을 주도적으로 살지 못하고 누군가 이끌어주기를 바라기만 했던 주인공 오소킨을 통해, 과거로 되돌아가려는 무모한 기대에 시간을 낭비하기보다는 '다가올 시간에 희망을 가지고 더욱 솔직하고 과감해져야 한다'는 메시지를 전하고 있다.

그렇다. '삶을 살라'고 말하는 마법사의 말처럼 스스로 삶을 주도하며 살아야 한다. 누군가 내 삶을 화려하게 이끌어주기를 기대하지 말고, 자신의 내면에 좀 더 솔직하게 다가가 도전하는 삶을 살아야 한다. 내 삶은 누구도 대신할 수 없으며, 대신하게 해서도 안 된다. 삶의 주인은 바로 내가 되어야 한다.

사람, 삶 그리고 나.

이 주제를 논하는 것이 얼마나 부질없는 일인지 지금에야 알게 되었다. 오늘처럼 살아 있는 시간과 공간이 아닌, 머릿속에만 존재하는 관념적인 시간과 공간을 좇아 웃음 한 번 제대로 웃지 못하고, 눈물 한 번 제대로 흘리지 못하고 살아왔던 안타까운 삶에 연민을 넘어 허무함마저 느낀다.

그 허무함이 지나온 흔적들을 찾아보게 만들었다. 어떤 흔적은 일기장에서, 어떤 흔적은 메모장에서, 어떤 흔적은 머릿속에서, 어떤 흔적은 가슴속에서 찾아내 손가락으로 하늘에 쓰는 기분으로 한곳에 정리했다.

손가락은 글을 쓰기에는 너무 투박하다. 해안가 모래사장이나, 김 서린 유리창에 사랑하는 사람의 이름을 쓸 때라면 몰라도 속마음을 표현할 만큼 섬세하지는 못하다.

손가락도 투박한데 하물며 하늘에 쓰는 일은 더 투박하다. 하늘에는 아무런 흔적도 남지 않기 때문이다. 쓰는 순간 공중으로 날아가버린다. 아무도 그 흔적을 볼 수가 없다. 오직 나만이 가슴으로 볼 수 있을 뿐이다.

그러나 사람의 신체 중에서 마음을 전할 때 사용하는 것이 바로 손가락이다.

상대방과 약속을 다짐하는 새끼손가락.

연인과의 사랑을 표시하는 약지손가락.

사람을 격려하고 칭찬해주는 엄지손가락.

이렇듯 손가락은 글을 쓰기에는 투박하지만 마음을 전할 때는 그 어느 것보다 따뜻하다.

《이반 오소킨의 인생 여행》처럼 과거로 다시 돌아가고픈 마음이 아니라 앞으로 다가올 시간을 좀 더 진솔하게 마주하기 위해 하늘에 손가락으로 쓴다는 마음으로 지난 기억 속에 자리한 사람, 삶 그리고 나를 찾아 여행을 시작한다.

'또 다른 나의 삶을 위해서.'

2020년 5월 바람 부는 오후에

차례

Ⅲ. '나', 다시 사랑할 수 있다면

Ⅰ.

'사람',
가슴이 따뜻해야 보인다

진의眞意를 알 수 없는 가치와 이념의 혼돈 속에서
애써 침묵하며 내 자신을 숨기고 살아간다.
지난 시간이 나를 억누르는 이유는
그것이 아니라는 것을 알면서도
세상의 생각이 마치 내 생각인 양 살아왔기 때문이다.

세상은 지나간 시간을 '후회'하게 하고,
앞으로 올 시간을 '염려'하게 한다.
하지만 사람은 지난 시간을 '추억'하게 하고,
앞으로 올 시간을 '기대'하게 한다.

가슴이 따뜻해야 사람이 보인다는 말이 오늘따라 선명하게 들린다.
잠시 멈추고 싶다. 가슴이 다시 따뜻해질 때까지.

삶의 시간을 잠시 멈추고 겸손하게 사람을 바라본다.
참 따뜻하다. 부드럽다. 그리고 사랑스럽다.

세상은 머리에 남지만, 사람은 가슴에 남는다.
사람이 그립다.
'사람을 하늘에 쓴다.'

001

쉼, 사람에 이르다

'쉼'은 멈춤이 아니라

사람과 만날 수 있는 가장 높은 수준의 활동이다.

쉼을 통해 사람들 속에 내가 존재한다는 것을 알게 된다.

한때 주말마다 아내와 함께 근방의 산을 찾아 오른 적이 있었다. 물과 간식만 챙겨 가볍게 나서지만 믹스커피가 꼭 빠지지 않았다. 산 정상(아내와 나는 이곳을 봉카페라고 불렀다)에서 마시는 믹스커피는 무엇과도 비교하기 힘든 정말 최고의 맛이다.

커피를 마시면서 산 아래 세상을 내려다본다. 성냥갑만 한 건물들이 다닥다닥 붙어 있는 세상을 보고 있노라면 마치 모든 것이 멈춘 듯 고요하기만 하다.

산은 아래에서 보는 것과는 전혀 다른 모습이다. 특히 아침 산행을 하면서 마주치는 산의 모습은 완전히 새로운 공간처럼 느껴진다. 이른 아침 산길을 걷다 보면 밤사이 머금은 아침이슬이 호흡 속으로 들어온다. 호흡을 통해 들어온 아침이슬의 청량함은 절로 눈을 감게 하고 깊은 숨을 몰아쉬게 만든다.

또한 아직 깨지 않은 나무와 풀들이 내뿜는 고요함은 모든 잡념을 빨아들인다. 계곡의 물소리는 꽉 막힌 가슴을 시원하게 뚫어주고, 동반자와 두런두런 나누는 이야기는 이해와 용서의 씨앗이 된다.

슬로 라이프. 느림의 미학. 천천히 산다는 것.

이런 말들은 분주하게 움직여야 생존할 수 있는 삶의 궤도 위에 서 있는 사람들에게는 그저 사치스러운 자의 교만이나 게으른 자의 변명처럼 들리기 마련이다.

하지만 어느 순간 '쉼'이 단순히 멈춰 있는 것이 아니라, 더 높은 수준의 활동이라는 것을 알게 되었다. 느린 것은 더 높은 수준의 '빠름'이며, '하지 않는 것無爲'은 더 높은 수준의 '행하는 것爲'이라는 것을 깨달았다.

분주히 살아야 하는 삶은 겉모습만 보면 차갑고 답답하기 그지없다. 그러나 그 삶을 깊숙이 들여다보면 그 속에는 산이 품고 있는 것 같은 고요하고 맑은 이슬의 포근함이 있다.

삶이 포근한 이유는 그 속에 '사람'이 있기 때문이다. 살면서 만나는 사람들은 아침이슬처럼 우리의 호흡 속으로 들어와 무거운 마음을 청량하고 고요하게 만들고, 그들과 나누는 이야기는 이해와 용서를 낳는다.

내 삶에 함께하는 사람들을 보기 위해서는 잠시 멈춤이 반드시 필요하다. '쉼'은 나를 사람과 더 가까이 만나게 하는 가장 높은 수준의 활동이다. 쉼을 통해 사람들과 만나면서 그들 속에 내가 존재한다는 것 또한 알게 된다.

그동안 바쁘다는 핑계로 멀리했던 산을 다시 찾을 때가 된 것 같다. 믹스커피의 맛을 다시 떠올리면 작은 미소가 지어진다.

'사람이 그립다.
잠시 멈추고 싶다. 가슴이 따뜻해질 때까지.'

002

어느 노부부 이야기

한 할머니가

할아버지를 물끄러미 쳐다보고 있다.

그 할아버지가 어쩌지 못해

살며시 그 할머니의 손을 잡으니

부끄러운 듯 고개를 떨군다.

이를 어쩔고

이 사랑하는 사람들을 어쩔고

가만히 뒤돌아선다. 소리 없이.

김국자 선생님의 〈고려장〉이란 수필 중에 요양원에 사는 노부부가 치매에 걸려 서로 부부라는 사실을 기억하지 못한다는 이야기가 있다.

왠지 모를 안타까움에 잠시 그 노부부의 심정을 상상해본다. 이야기 속 노부부는 아마도 가슴에 사무치도록 그리움을 간직한 부부였을 것이다. 이미 지워져버린 기억인데 그 사라진 기억 앞에서 무언가에 이끌려 누군가를 찾기 위해 안간힘을 쓰는 노부부의 모습이 너무나 아프다.

할머니가 할아버지를 물끄러미 쳐다보고 있다. 자기 남편이라는 사실을 잊은 채, 무슨 생각인지 할아버지를 마냥 쳐다보고 있다.

그런 할머니의 시선이 부담스러운지 할아버지는 애써 외면한다. 하지만 자리를 떠나지 않는 할머니를 보고는 살며시 손을 잡는다. 자기 아내라는 사실을 잊은 채, 무슨 생각인지 모르지만 할머니의 손을 잡는다.

평생을 함께한 사람조차 잊게 만드는 치매의 비정함에 가슴이 멍해진다. 할아버지가 손을 잡자 부끄러운 듯 고개를 떨구는 할머니를 상상하니 불쌍해서가 아니라 아파서 견딜 수가 없다.

칼릴 지브란이 쓴 〈아내〉라는 시가 있다.

보이는 것만이 내 참모습은 아닙니다.

겉모습은 그저 다른 이들이 나를 의심하지 않도록
조심스레 걸친 옷에 지나지 않습니다.

아내여,
내 안의 나는 언제나 침묵의 집에 머물러
누구도 나를 알아보거나 다가갈 수 없습니다.
내 행동과 내 말을 믿지 않아도 좋습니다.
내 말은 그대의 생각이며,
내 행동은 그대의 바람이라고만 생각해주세요.

부부란 늘 곁에 있어도 그리운 사람인데, 평생 연인이자 친구 그리고 든든한 지원자로 함께했던 부부가 어찌 서로를 몰라본단 말인가. 이보다 더 큰 형벌이 어디 있을까. 노부부를 상상하다 그만 눈시울이 붉어진다.

사랑하는 사람의 기억에서 내가 지워지기 전에,
나의 기억에서 사랑하는 사람이 지워지기 전에,
한 번 더 그 사람을 보아야겠다.
그리고 말해야겠다. '사랑한다고.'

003

두 아이

추억은 가슴에 남고,

가슴은 사람을 추억한다.

어느 날 아침 차를 타고 가다가 횡단보도 신호에 걸려 잠시 차를 세우고 창밖을 내다보았다. 차창 밖으로 횡단보도를 건너는 두 아이의 모습이 보였다. 아마도 학교에 가는 길인 듯했다. 두 손에 아무것도 들지 않고 앞서가는 아이는 앞으로 뛰어갔다가 뒤를 돌아보고, 땅을 발로 차기도 하고 손을 흔들면서 장난치듯 가고 있었다.

앞서가는 아이보다 서너 발자국 뒤에서 조금 큰 아이가 자전거를 끌고 따라가고 있었다. 자전거 앞 짐 바구니에는 책가방이 하나 실려 있고, 자신의 등에도 가방 하나를 메고 있는 것을 보니 앞서가는 아이의 책가방을 자전거에 싣고 가는 듯했다. 자전거를 끌고 가는 모습이 조금은 힘겨워 보였다. 아마 앞서가는 아이는 동생이고, 뒤에서 자전거를 끌고 가는 아이는 형인 듯 싶다.

갑자기 형이 앞서가던 동생을 불러 세우더니 동생의 입가를 손으로 닦으면서 뭐라고 한마디한다. 아마도 지저분한 것이 묻어서 그런가 보다. 동생은 그런 형의 손을 뿌리치고는 앞으로 획 달아나버린다. 형은 아무 말 없이 뒤따라간다.

형이 없었던 나는 형이라는 존재에 대한 기억이 없다. 왠지 두 아이의 행동이 부럽다는 생각이 들었다. 형이라는 존재가 무엇이기에 아이가 아이를 보듬는 것일까? 두 아이의 기억 속에 지금 이 순간은 어떻게 추억될까?

어린 동생의 기억 속에 형의 사랑이 오래도록 남았으면 좋겠다. 또한 형의 기억 속에도 동생의 장난스런 행동이 사랑으로 오래 남았으면 좋겠다. 나이가 들어 형제가 지금 이때를 추억하고 환하게 웃을 수 있었으면 좋겠다.

'추억은 가슴에 남고, 가슴은 사람을 추억한다.'

004

그때는 몰랐습니다

"수술하면 나을 수 있지 않을까?"

그때는 몰랐다.

어머니의 그 질문이 두려움이었다는 것을.

"아니다, 그냥 해본 소리야!"

그때는 정말 몰랐다.

어머니의 그 말이 그냥 해본 소리가 아니라는 것을.

어머님이 대장암 말기 진단을 받고 병원에 입원하셨을 때의 일이다. 수술을 포기한 채, 약물 치료를 받던 어머님이 어느 날 조용히 나를 보자고 하시더니, 병원 복도 끝에서 나지막한 소리로 이렇게 물으셨다.

"수술하면 나을 수 있지 않을까?"

그 후 1년도 되지 않아 어머님은 세상을 떠나셨다. 지금도 그때 어머님의 모습이 뇌리에 남아 나를 아프게 한다.

그때는 몰랐다. 그래도 나 같은 놈을 아들이라고, 죽음이 너무 두려워서 살려달라고 애원하는 소리였다는 것을 그때는 정말 몰랐다.

"의사 선생님이 수술하기에는 너무 늦었다고 했어요.
수술하면 더 힘드실 거라고."

"그렇지. 그냥 해본 소리다. 신경 쓰지 말거라!"

어느덧 나도 돌아가신 어머니의 나이가 되어간다. 그때 병원 복도 끝에서 어머니가 해주신 그 말이 무엇을 바라고 하셨던 말이었는지, 그것이 어머님의 두려움이었다는 것을 이제야 알았으니 어찌 내가 사람일 수 있겠는가.

어머니의 그 간절한 애원을 그렇게 묵살해버린 내 자신이 너무나 혐오스러워 지금도 그 생각만 하면 너무 힘들다. 암이 주는 고통보다 자신을 몰라준 아들의 무심함이 더 아팠을 어머니를 생각하면 너무 아프다, 너무 속상하다. 그리고 너무 죄송하다.

아직까지도 내가 모르고 있는 것이 얼마나 많을까. 나의 무관심에 병들어가는 사람은 또 얼마나 많을까. 그때는 몰랐지만 이제는 알아야겠다.

'내 사람의 진심을.'

005

The last word

누군가의 삶의 마지막 순간에

우리가 해줄 수 있는 것은

'침묵'뿐이다.

셜리 맥클레인 주연의 〈내가 죽기 전에 가장 듣고 싶은 말〉이란 영화에서는 인생의 완벽한 엔딩을 위한 네 가지 조건을 이렇게 말한다.

첫째, 고인은 동료들의 칭찬을 받아야 하고,

둘째, 가족의 사랑을 받아야 하며,

셋째, 누군가에게 우연히 영향을 끼쳐야 하고,

넷째, 자신만의 와일드카드가 있어야 한다.

어느 날 갑자기 몸이 안 좋아서 병원 응급실을 찾은 적이 있었다. 내 옆 침상에서 한 할아버지가 숨을 거칠게 몰아쉬고 있는데, 의사들과 가족들이 시끄럽게 대화를 주고받는 소리가 들렸다.

"중환자실로 갈지 말지. 연명 치료를 할지 말지."

그 와중에 오가는 가족들은 숨을 몰아쉬는 환자에게 한마디씩 했다.

"할아버지, 나 누군지 알겠어?"

"나 할아버지가 제일 좋아하는 누구야!"

"그동안 자주 못 와서 미안해. 하지만 먹고살기 힘들어서 그랬어. 이해하지?"

할아버지는 아무 대답도 없는데 자기들이 하고 싶은 말만 쉴 새 없이 쏟아내고 자리를 떴다. 그러면서도 가족들 중 할아버지의 연명 치료를 원하는 사람은 한 명도 없는 듯했다.

가족들은 할아버지가 삶의 마지막 계단 앞에서 두려워하는 순간까지도 할아버지를 위한 말이 아닌 자신들이 하고 싶은 말로 채우고 있었다. 나의 감정 앞에서는 죽음조차도 설 자리를 쉽게 내주지 않는 사람들의 무지와 잔인함에 나도 모르게 화가 나서, 내가 아픈 것도 잠시 잊었다.

옆자리 할아버지는 그때 죽음을 앞둔 마지막 공포를 홀로 감당하고 있었을 것이다. 그런 할아버지를 위해 해줄 수 있는 마지막 말은 과연 무엇일까.

결국 해줄 수 있는 것은 나의 말보다는 할아버지가 하고 싶은 말을 들을 수 있도록 '침묵'하는 것이라는 생각이 들었다.

떠나는 사람의 마지막 말을 듣기 위해서는 조용히 눈을 감고, 그 사람만 생각해야 한다. 눈을 감고 그 사람의 떨리는 숨소리, 작은 몸짓을 느껴야 한다. 그러면 들리지 않던 소리가 들리고, 보이지 않던 움직임이 보일 것이다.

정말 사랑하는 사람이 내 곁을 떠나는 순간에는 눈물도, 말도 나오지 않을 것 같다. 사랑하는 사람의 마지막 말이 가슴으로 전해지는데 어찌 할 말이 있겠는가. 너무나 아파서, 너무나 슬퍼서.

그 할아버지의 심정을 잠시 생각해본다. 과연 주변 사람의 울음과 하소연, 넋두리를 들으며 무슨 말이 하고 싶었을까?

아마도 이렇게 말하고 싶었던 것은 아닐까?

"시끄러우니 조용히들 해라!

잠시 뒤 할머니 만날 때 무슨 말을 할지 생각해야겠다."

006

내 사랑

어린 왕자는 말했다.

"사랑은 받을 것을 전혀 기대하지 않는 곳에서 싹튼다"고.

내 사랑이 싹트지 않는 까닭을 알았다.

나는 기대했다. 내 사랑의 메아리를.

가끔은 내가 준 사랑을 돌려받고 싶다는 생각이 들 때가 있다. 특히 가까운 사람이 내 사랑을 몰라줄 때, 서운함은 이내 괘씸함으로 변한다.

초등학교 4학년쯤으로 기억한다. 하루는 시험 성적이 나빠서 어머니께 회초리로 흠씬 종아리를 맞고, 서러운 마음에 책상에 엎드려 울고 있었다.

한참을 울고 있는데, 어머니가 들어오시더니 조용히 책상 위에 간식을 올려놓으시며 하신 말씀에 더 서러워져서 엉엉 울었다.

"많이 아프지. 어디 보자!"

어머니는 내 가슴에 사랑으로 남아 있다. 그때 어머니는 나에게 무엇을 돌려받기를 기대하셨을까? 어린 왕자의 말처럼, 받을 것을 기대하지 않은 어머님이기에 내 마음에 사랑을 싹트게 한 것이다.

사랑이라고 생각했던 것들이 나도 모르게 '집착'으로 변질되어가는 것을 느낀다. 집착은 소유다. 내 감정 안으로 모든 것을 몰아넣는 것이다.

자녀를 사랑하는 것이 아니라 자녀에게 집착한다. 가족을 사랑하는 것이 아니라 가족에게 집착한다. 나를 사랑하는 것이 아니라 나에게 집착한다. 군복을 사랑하는 것이 아니라 군복에 집착한다. 세상을 사랑하는 것이 아니라 세상에 집착한다. 사람을 사랑하는 것이 아니라 사람에 집착한다.

이제 알았다. 내 사랑은 '집착'이었다는 것을. 내 사랑이 싹트지 않은 까닭은 소유하려 했기 때문이란 것을. 내 마음속의 집착을 다시 사랑으로 바꿀 수 있을까.

007

그건 사랑이야

귀뚜라미 소리가 슬프다.

단풍의 다섯 손가락이 아프다.

차라리 듣지도, 보지도 못하면

슬프지도 아프지도 않을 텐데.

귀뚜라미와 단풍이 나에게 말한다.

'그건 사랑이야.'

가까이서 들려오는 귀뚜라미 소리와 빨갛게 물든 단풍. 이 아름다운 가을의 공연 앞에서 왠지 슬프고 아프다는 생각이 드는 나에게 갑자기 화가 났다.

'차라리 듣지나 말지. 차라리 보지나 말지!'

각색되고 왜곡된 기억이 자꾸 지금을 의심하고 거부하게 만든다. 일상의 소중함을 모르는 바 아니지만, 여전히 내 눈과 귀에는 긴장되고 날카로운 세상의 기계 소리만 들린다.

한비야의 수필집 《그건 사랑이었네》 중에 이런 말이 있다.

마음을 다 털어놓고 나니 알 수 있었다.

세상과 나를 움직이는 게 무엇인지 보였다.

세상을 향한, 여러분을 향한 그리고 자신을 향한

내 마음 가장 밑바닥에 무엇이 있는지도 또렷하게 보였다.

그건 사랑이었다.

마음을 다 털어놓고 가을 공연을 맞이하니 귀뚜라미와 낙엽 소리가 새롭게 들린다. 그것은 아픔도 슬픔도 아닌 바로 '사랑'이었다.

잠시 주변을 둘러본다.

'내가 못 본 사랑이 또 있는지!'

008

그리운 사람의 향기

거친 마음에 가득 차 있는 외로움.

유치하리만큼 사적인 보고픔.

그리운 사람 때문이다.

나의 마음을 비워둔다.

언제나 그 사람이 자리할 수 있도록

모르는 사이에 찾아와 나를 깨우도록

살포시 뭉개지는 그리움이 나의 코를 자극한다.

언젠가 내 몸에 밴

그 사람의 향기가 서서히 피어난다.

나는 눈을 뜨지 않는다.

그 향기는 보이지 않는 그 사람이기에

이대로 눈을 감고
때 묻은 내 몸에서 새어 나오는 그 향기를 마신다.

009

내가 잠을 청하는 이유

별다른 소식도 아니면서,

내 마음이 설레는 이유는 무엇일까.

닥쳐오는 감정의 솟구침은

미약한 내 이성이 감당하기에는 너무나 벅차기만 하다.

쏟아지는 그리움을

뜬눈으로 보기에는 내 마음이 너무나 허전하다.

오늘도 나는 그리움을 잊기 위해

두 손으로 이불을 끌어 나의 머리를 덮는다.

임관 후 첫 근무지는 최전방 휴전선이었다. 휴전선 일대는 세상과는 완전히 단절된 또 다른 세상이다. 젊은 혈기에 적막함과 친해지는 데 오랜 시간이 필요했다.

덕분에 여자친구, 지금은 30년을 함께한 아내와 이별 아닌 이별을 해야 했다. 소식을 주고받을 수 있는 유일한 수단은 편지였다. 오늘은 편지가 올까 기다리면서, 야간 근무를 마치고 복귀한 저녁에는 잠을 이루지 못하고 편지를 쓰는 것이 일상이 되었다.

아내로부터 편지가 온 날은 그저 안부를 묻고 답하는 수준인데도 뭐가 그리 설레는지 보고 싶은 마음에 잠을 이루지 못하고 꼬박 밤을 새우곤 했다.

무뚝뚝하고 야속할 정도로 차갑게 대했던 아내이다. 30년이 지난 지금도 나를 어려워하는 아내를 보면서, 연애 시절 편지 한 장에 나를 잠 못 이루게 했던 사람임을 잊고 살았다는 미안함이 더해진다.

30년 동안 한결같이 내 곁에 있는 아내는 항상 생각하게 하고, 항상 궁금하게 하고, 항상 뭔가를 해주고 싶게 만든다. 하지만 이런 마음을 제대로 보이지 못한다. 아니 보이지 못하는 게 아니라 들키고 싶지 않은 것이다.

젊은 시절 내가 잠을 청했던 이유는 아내에 대한 보고픔, 그리움을 감당하지 못해서였다. 그 시절로 돌아가 다시 잠을 청하는 이유를 찾고 싶다. 그리고 류시화 시인처럼 아내에게 당신이 곁에 있어도 나는 당신이 그립다는 사랑의 편지를 쓰고 싶다.

물속에는 물만 있는 것이 아니다.

하늘에는 그 하늘만 있는 것이 아니다.

그리고 내 안에는 나만이 있는 것이 아니다

내 안에 있는 이여.

내 안에서 나를 흔드는 이여

물처럼 하늘처럼 내 깊은 곳 흘러서

은밀한 내 꿈과 만나는 이여

그대가 곁에 있어도 나는 그대가 그립다.

- 류시화 〈그대가 곁에 있어도 나는 그대가 그립다〉 중에서

010

홀로되는 두려움

삶이 직선인 이유는

'홀로되는 두려움' 때문이다.

휴가 때면 종종 동해안을 찾는다. 동해안은 바다와 산이 있어 좋기도 하지만, 잠시 세상을 잊고 만날 수 있는 친구가 있어 더 좋다.

동해안 가는 길도 많이 변했다. 험준한 태백산맥의 진부령, 한계령, 대관령과 같은 고갯길은 이제 보기가 어렵다. 터널이 생겼기 때문이다. 옛 고갯길을 다닐 때는 시간도 많이 걸리고, 길도 불편해서 터널이 생겼으면 좋겠다는 생각을 했는데, 막상 지금은 그때가 더 운치 있고 좋았다는 생각이 든다.

굽이굽이 휘돌아가는 고갯길을 오를 때는 차뿐만 아니라 운

전하는 사람도 힘들지만 막상 정상에 도착해 발아래 펼쳐진 동해 바다와 주변의 웅장한 바위산들을 보고 있으면 힘겨웠던 고갯길은 어느새 잊히고 말없이 포용하는 자연의 아름다운 자태에 빠져들고 만다.

법정 스님의 법문 중에 '직선으로 가지 말고, 곡선으로 가라'라는 말씀이 있다. 직선은 조급하고 냉혹하며 비정하지만, 곡선은 여유와 인정과 운치가 있다는 의미이다. 조금은 늦지만 여유와 인정, 운치가 있는 곡선의 삶을 모르는 것이 아닌데 왠지 직선으로만 살아간다. 삶이 직선인 이유는 '홀로되는 두려움' 때문이 아닐까 생각해본다.

모두가 직선으로 살아가는 세상에서 혼자 곡선으로 사는 것은 그리 쉬운 일이 아니다. 남보다 뒤처질지 모른다는 염려와 혼자만 남겨질지 모른다는 두려움에 한순간도 뒤돌아보지 못하고 앞만 보고 살아간다.

직선의 삶은 내가 지나온 길을 볼 수 없다. 직선은 바로 눈앞의 것만 보이기 때문이다. 하지만 곡선의 삶은 잠시 뒤돌아보면 내가 지나온 길이 보인다. 곡선의 삶이 무엇보다 좋은 것은 지나온 길과 앞으로 가야 할 길을 잠시나마 함께 보면서 생각할 수 있다는 점이다. 힘겨울 때 손을 잡아주고 등을 밀어주었던 사람들을 생각하면 지나온 삶이 위로가 되고 앞으로 살아갈 용기를 얻게 된다.

오늘은 사람들이 터널로 곧장 태백산맥을 지나칠 때 잠깐 옛 고갯길로 핸들을 틀어본다. 잠시 외로움을 벗 삼아 세상과 나밖에 없는 여유와 운치를 느껴보고 싶다. 그리고 내 삶 위에서 함께했던 사람들과 나누었던 이야기를 떠올리고 싶다. 고개 정상에서 내려다보이는 동해 바다와 주변 바위산들, 그리고 가슴까지 파고드는 시원한 바람이 파도가 되어 삶에 대한 염려와 두려움을 말끔히 쓸어가는 것을 상상해본다.

011

헤어짐마저도 익숙해지다

삶은 만남과 헤어짐의 흔적이며,

그 흔적은 나를 존재하게 하는 이유이다.

하지만 만남과 헤어짐의 순수한 감정마저도

가슴에 담지 못하고 살아가는 이유는

삶이 너무 촘촘하기 때문이다.

한참 업무에 정신이 없는데 핸드폰으로 메시지 하나가 들어왔다. 잠시 하던 일을 멈추고 메시지 내용을 확인하곤 한참을 멍하니 창밖을 내다보며 생각에 빠졌다.

메시지는 어느 장교가 보낸 것이었다. 그 장교는 오늘 아침 인사 명령에 의해 부대를 떠난 친구였다. 그동안 근무하면서 좋았던 기억과 감사했다는 말, 나의 건강을 염려해주는 짧은 메시지가 담겨 있었다.

잠시 창밖을 내다보면서 메시지를 보낸 장교를 생각했다. 매우 성실하고 능력 있는 친구였다. 그 친구와 함께했던 지난 시간이 머리를 스쳐 지나갔다. 바쁘다는 이유로 제대로 대화도 나누지 못하고 떠나보낸 것이 못내 후회가 되었다.

사람이 사람을 만난다는 것은 '설렘'이고, 헤어진다는 것은 '아픔'이 분명한데 도대체 내 삶이 어디로 가고 있기에 그 순수하고 아름다운 감정마저도 익숙함이라는 덫에 걸려 외면한 채 살아가고 있는 것일까. 지난 시간 동안 그렇게 많은 사람과 만나고 헤어졌으면서도 어찌 설렘이나 아픔의 기억은 내 가슴에 남아 있지 않은 것일까.

삶은 만남과 헤어짐의 흔적이며, 그 흔적은 나를 존재하게 하는 이유인데 서로 만나고 헤어지는 일이 너무나 익숙한 일상이 되어버렸다.

죽은 나무는 뿌리부터 줄기까지 물을 올려 보내지 못하고, 햇빛의 따스함을 뿌리까지 내려보내지 못한다. 만남의 설렘과 헤어짐의 아픔을 가슴까지 내려보내지 못하고 머리에만 머무는 사람은 죽은 나무와 같다.

만남과 헤어짐이 주는 순수한 감정마저도 가슴에 담지 못하고 살아가는 이유는 삶이 너무 촘촘하기 때문이다. 봄날 꽃을 피우기 위해 가을날 자신을 버리는 나무처럼 삶의 촘촘함을 비워야 하는데 그렇지 못하다 보니 가슴에 사람이 자리할 틈이 없다. 가슴은 온갖 욕망으로 가득 차 더 이상 사람이 자리할 여지가 없다.

만남의 설렘과 헤어짐의 아픔.

그 내면의 떨림을 다시 한번 느껴보고 싶다. 내 머릿속에 갇혀 있는 사람들을 가슴으로 내려보내고 싶다.

012

사랑, 그 사람의 색깔

'사랑'은 그 사람만의 색깔이다.

사랑한다는 것은

서로 다른 색깔의 사람이 만나

또 다른 색깔을 만들어내는 것이다.

사랑은 '그 사람만의 색깔'이다. 색깔을 표현할 때 노랑, 빨강, 파랑이라고 하는 것처럼, 사람의 색깔을 '사람+ㅇ' 즉, 사랑이라 표현하는 것이다.

그래서 사랑은 한 가지 색깔이 아니다. 세상에 같은 사람은 한 명도 없기 때문이다. 동시에 태어난 쌍둥이도 자신만의 색깔, 자신만의 사랑을 가지고 있다.

'사랑하는 것'은 서로 다른 색깔의 사람이 어우러져 또 다른 색깔을 만들어내는 것이다. 빨강이 하얀색을 만나 분홍이 되고, 노랑과 파랑이 어울려 초록색이 되는 것과 같다. 이렇게 서로 다른 색이 어울려 또 다른 색을 만들어내는 것처럼, 사람이 서로 사랑하는 것은 자신만의 색깔을 고집하지 않아야 가능하다.

세상의 사랑에 대해 생각해본다. 어머니의 사랑은 무슨 색깔일까? '어머니의 사랑'은 하얀색인 것 같다. 하얀색은 자신을 드러내지 않는다. 상대에게 자신을 강요하지 않고, 자신 위에 드리우는 모든 색을 반사시켜 그 본래의 색이 돋보이도록 해준다. 세상의 어머니는 자신을 드러내지 않는다. 오직 가족이 돋보이도록 온전히 자신을 내주는 어머니의 하얀 사랑은 '희생'이다.

반면 아버지의 사랑은 검은색인 듯하다. 세상의 모든 색을 섞으면 검은색이 된다. 검은색은 모든 색을 품어야 만들어지는 색이다. 모든 것을 품는 것은 힘들고 버거운 일이다. 아버지들은 무거운 삶의 짐을 품고 살아간다. 모두 안고 가야만 하는 세상의 아버지들은 그래서 늘 어둡다. 아버지의 검은 사랑은 '책임'이다.

나의 사랑은 어떤 색깔일까? 아마도 보라색이 아닐까 싶다.

보라색은 다른 색과 잘 어울리지 못한다. 오직 자신만 돋보이려는 색이다. 보라색은 이기적인 색이다. 그래서 차갑다. 차가워서 늘 혼자이며, 모두가 가까이하려 하지 않는다. 보라색은 '외로움'이다.

사랑은 변한다. 변하지 않는 사랑은 나의 색깔을 상대방에게 강요하고, 상대방의 색깔을 받아들이지 않는 것이다. 그런 사랑은 오래가지 못한다.

지금까지 아버지로서, 남편으로서, 상관으로서 얼마나 많은 사람에게 나의 사랑을 강요했을까. 더 많은 사랑을 만들어낼 수 있었는데 내 색깔만 고집하며 살아서 지금 이렇게 외로운지 모른다.

이미 부담스러워진 내 사랑을 다시 회복하고 싶다. 사람들과 다시 사랑을 만들고 싶다. 그리고 그 사랑을 간직하고 싶다. 나 혼자만의 사랑이 아니라 함께 사랑을 나누며 외로움을 떨치고 싶다.

013

배려, 가장 깊은 착각

누군가를 배려하고 싶다면

그에게 무엇을 해줄 것인가 생각하지 말고,

그냥 멀리서 바라봐주면 된다.

굳이 무엇인가 해야 한다면

그냥 작은 미소만 보내주면 된다.

배려配慮. 짝 배 생각할 려. 배려는 상대방을 짝配처럼 생각하는 것慮이다. 짝 하면 초등학교 시절 짝이 제일 먼저 생각난다. 조그마한 책상을 두고 서로 넘어오지 못하게 책상 가운데 선을 그어놓고 실랑이하던 추억이 누구나 한 번쯤은 있을 것이다. 하지만 지금은 기억 속에서만 아련히 존재할 뿐이다.

우리는 살아가면서 많은 짝을 만나고 헤어진다. 곁에 있을 때는 소중한 존재로 자리하지만 잠시 멀어지면 어느새 잊고 사는 것이 세상의 짝이다. 그저 아련한 추억으로 자리할 뿐이다.

配는 그런 일시적 만남의 짝을 말하는 것이 아니다. 류시화의 〈외눈박이 물고기 사랑〉이란 시가 생각난다.

외눈박이 물고기처럼 살고 싶다.
외눈박이 물고기처럼 사랑하고 싶다.
두눈박이 물고기처럼 세상을 살기 위해
평생을 두 마리가 함께 붙어 다녔다는 외눈박이 물고기
비목처럼 사랑하고 싶다.
(…)
혼자 있으면 그 혼자 있음이 금방 들켜버리는
외눈박이 물고기 비목처럼 목숨을 다해 사랑하고 싶다.

配는 이런 것이다. 서로 어울려 한 쌍이 되고, 한 몸이 되어 떨어지면 아프다. 떨어져 혼자 있으면 금방 들켜버린다. 여러 사람과 공유하는 존재가 아니라 오로지 두 사람만이 교감하는 존재를 말한다.

배려는 이처럼 나와 밀접한 관계성이 존재하는 상대에게 갖는 마음임을 알아야 한다. 지금 내 옆에 있는 가장 소중한 사람, 그 사람을 향한 나의 마음이 진정한 배려인 것이다.

하지만 우리는 배려를 이타적 인성으로 간주하면서 주변 사람들에게 배려심 있는 모습을 보이기 위해 애쓰며 살아간다. 보이기 위한 배려는 늘 문제가 생기기 마련이다. 그런 배려는 '학습된 배려'이기 때문이다. 학습은 이성적이지만, 배려는 감성적이다. 배려는 인간의 내재된 본성의 발로이지 학습을 통해 나타낼 수 있는 행동이 아니다. 학습되어서도 안 되는 것이다.

그런데 우리는 가장 가까운 사람들에게조차 '학습된 배려'로 다가서려 하기 때문에 문제가 생긴다. 배려를 정해진 틀 속에 가둬두고 강요하기 시작한다. 배려를 마음이 아닌 머리로 하고 있는 것이다.

부모는 어린 자녀를 배려한답시고 온갖 배움의 노예로, 물질의 노예로 가둬놓고 있다. 그리고 자신의 배려심에 안도하며 거짓 행복에 도취되어 있다.

학교에서는 선생님들이 학생들에게 정해진 답을 외우는 방법을 가르치고는 명문대에 몇 명을 보냈는지 따지면서 배려심 경쟁을 벌이고 있다.

정치인들은 알량한 지식과 경험으로 마치 누군가의 꿈과 이상을 이뤄줄 것처럼 세 치 혀를 분주히 놀리면서 자신의 배려심에 도취되어 목소리를 높이며 살아간다.

누가 그들을 그렇게 학습시킨 것일까? 무엇이 그들을 학습된 배려 속으로 몰아넣은 것일까? 우리는 사람의 순수한 감정마저 학습시키는 무서운 세상에서 살고 있다.

세상의 배려는 사람이 꿈꾸는 가장 깊은 착각이다. 자신이 누군가를 배려한다고 생각하는 것만큼 큰 착각은 없다. 세상이 배려라고 착각하는 것은 일종의 '동정同情'이다. 동정은 남의 어려운 처지를 불쌍히 여기는 마음이다.

니체는 이렇게 말한다.

동정은 인간성의 주요 계기이기는 하지만,
인간을 저차원의 가치로 지향하게 할 위험성도
지니고 있다.

아픈 사람에게 충고하는 자는
환자가 그 충고를 받아들이든, 흘려버리든
상대에 대해 일종의 우월감을 가지고 있다.

따라서 예민하고 자존심 센 환자는

충고하는 자를 자기의 병 이상으로 미워한다.

- 니체 〈인간적인 너무나 인간적인〉 중에서

상대방에 대한 일종의 우월감이 동정을 배려로 착각하게 만든다. 자식에 대한 부모의 권위적 우월감, 제자에 대한 스승의 지적 우월감, 직원에 대한 고용주의 물적 우월감 등 얄팍한 동정심에 감춰진 우월감이 사랑과 배려로 왜곡되는 세상이다.

피에르 신부님의 말처럼 사람이 할 수 있는 최고의 배려는 조심성과 신중함을 가지고 '지금 모습 그대로의 상대방을 바라봐주는 것'이다.

고통받는 자들에게 충고하려 들지 않도록 주의하자.

그들에게 멋진 설교를 하지 않도록 주의하자.

다만 애정 어리고, 걱정 어린 몸짓으로 그 고통에

함께함으로써 우리가 곁에 있다는 걸 느끼게 해주는

그런 '조심성', 그런 '신중함'을 갖도록 하자.

- 피에르 신부 〈단순한 기쁨〉 중에서

누군가를 배려하고 싶다면 그에게 무엇을 해줄 것인가 생각하지 말고, 그냥 멀리서 바라봐주면 된다. 굳이 무엇인가 해야 한다면 그냥 작은 미소만 보내면 된다.

길가에 핀 이름 모를 꽃 한 송이에서 위안을 받을 때가 있다. 꽃은 인간을 동정해서 피는 것이 아니다. 자기에게 관심을 보인다고 해서 더 많이 피우지도 않고, 자기에게 관심이 없다고 해서 거둬들이지도 않는다.

항상 그 자리에서 그 모습 그대로 향기를 피우는 꽃처럼 우리도 그렇게 할 수 있다면 그것이 진정한 배려다.

014

어른이란

어른이란

자신만의 언어로 세상을 정의하는 사람이다.

〈어쩌다 어른〉이란 TV 프로그램이 있었다. 이 프로그램은 대한민국에서 '어른'이란 이름으로 살아가는 사람들의 아픔을 위로하고 꿈을 되살린다는 의도에서 제작되어 많은 기성세대로부터 호응을 얻었다.

대한민국에서 어른이란 이름으로 살아가는 것은 그리 쉬운 일은 아닌 것 같다. 대한민국 어른들은 한순간도 자신의 욕망과 행복을 위해 눈을 돌리지 못하고 살아간다고 해도 과언이 아니다.

거대한 물살에 휩쓸려가듯 그저 어깨에 지워진 책임이라는 무거운 멍에를 메고 어떻게든 버티려고 안간힘을 쓰며 사는 것이 어른의 모습이 아닌가 싶다.

어른은 도대체 어떤 사람을 말하는 것일까? 어른은 '남녀가 짝을 이루다'라는 의미를 가진 '얼우다'에서 온 말이다. 옛날에는 남녀가 짝을 이루는 것, 즉 결혼 유무를 통해 어른과 아이를 구분했다. 결혼한 남자는 상투를 틀고, 여자는 쪽을 올림으로써 어른이 되었음을 표시했다. 그러나 결혼이 어른의 척도가 되는 시대는 지났다.

어른의 사전적 의미 중에 '자유의지에 의해 행동하는 사람'이란 설명이 있다. 자유自由는 스스로 말미암음, 즉 스스로 이유가 되는 것이다. 그렇다. 어른은 자신만의 이유로 세상을 살아가는 사람이다.

스스로 이유가 되는 어른은 '나만의 언어'로 세상을 정의할 수 있어야 한다. 언어는 생각을 형상화하는 수단이다. 자신만의 언어로 세상을 정의한다는 것은 자신만의 생각과 사유로 세상을 설명한다는 것을 의미한다.

나만의 언어를 사용하는 어른은 세상과 조화되기보다는 충돌하는 경우가 많다. 세상은 자신만의 언어를 사용하는 사람을 탐탁지 않게 여긴다. 애써 무시하거나 외면한다. 그래서 어른들은 홀로 세상을 관망하는 경우가 많다.

요즘 대한민국 상황을 보면서 많은 사람이 하는 말이 있다.

"나라에 어른이 없어서 이 모양이다."

서로 생각이 다를 때, 어른을 찾아가 지혜를 구했던 선조들의 겸손함을 배웠으면 좋겠다. 모두가 그의 말에 경청하는 위엄 있는 어른들이 이 나라에 많았으면 좋겠다. 세상의 존경으로부터 자신을 멀리하고, 오직 사람의 존경을 가까이하는 어른이 되었으면 좋겠다.

요즘 젊은 사람들이 싫어하는 메뉴가 '라떼'라는 우스갯소리가 있다. 나이 든 사람들이 말할 때마다 '나 때는, 나 때는' 하면서 옛날 타령하는 것을 비꼬는 유머다.

박완서 선생님의 〈어른 노릇 사람 노릇〉이란 수필에 이런 내용이 있다.

나이 들수록 자신의 말년에 대한 근심은 더해만 간다.

마땅한 본을 보여주는 늙음의 선배가 귀하기 때문일 것이다.

(…)

연세가 들수록 확실해지는 아집, 독선, 물질과 허영과

정력에 대한 지칠 줄 모르는 집착 등은 차라리 치매가
나을 것 같다는 생각이 들 정도로 늙음을 추잡하게 만든다.

'늙음의 선배'라는 박완서 선생님의 표현이 다른 말로 어른이 아닌가 싶다. 늙어갈수록 아집, 독선, 집착에 사로잡힌 추잡한 모습이 지금 내 모습은 아닌가 염려스럽다.

나는 어른인가? 아니면 그저 추잡한 늙은이인가?

015

상처는 그 사람과의 이야기를 만든다

지금 당신이 아프다면,

누군가와의 이야기가 만들어지고 있는 것이다.

그 이야기는 머지않아

지친 당신을 위로해줄 것이다.

스토리텔링storytelling, 상대방에게 알리고자 하는 바를 재미있는 생생한 이야기로 설득력 있게 전달하는 것을 말한다. 왜 사람들은 이야기에 공감할까? 그 이유는 이야기 속에 '진실'이 있기 때문이다. 진실은 그 무엇으로도 가려지거나 조작되지 않는 '순수함'을 가지고 있다. 그 순수함은 사람의 마음을 거짓과 왜곡의 흥분으로부터 진정시킨다.

서로 깊은 관계를 공유하는 사람들에게는 그들만의 이야기가 있다. 그 이야기는 따뜻하고 달콤하다. 그러나 그런 이야기는 좋은 기억보다는 아팠던 상처에서 만들어지는 경우가 많다.

마음에 상처 하나 없는 사람이 어디 있겠는가? 상처는 사람과의 관계에서 생겨난다. 관계는 '충돌'을, 충돌은 '상처'를 남기기 마련이다. 상처는 내가 살아 있다는 증거다.

상처는 처음에는 아픔을 남기지만, 가슴에 머물면서 진실로 숙성된다. 숙성된 진실은 이야기가 되어 '위로'로 돌아온다. 상처는 결국 위로의 씨앗이 된다.

하지만 상처가 이야기가 되기 위해서는 머리가 아닌 가슴에 머물러야 한다. 가슴까지 내려가지 못하고 머리에 머문 상처는 진실로 숙성되지 못한다. 진실로 숙성되지 못한 상처는 이야기가 되지 못하고 하나의 '사건'으로 남아 상처를 만든 사람을 영원히 멀리하게 만든다.

지금 당신이 아프다면 누군가와의 이야기가 만들어지고 있는 것이다. 그 이야기는 머지않아 지친 당신을 위로해줄 것이다.

사람만이 상처를 이야기로 만들 수 있다. 그래서 사람은 이야기에 감동한다. 서둘러 나만의 이야기를 찾아 나서야 한다.

016

너무 늦었다는 것을 알았을 때

더 늦기 전에

그 사람과의 이야기를 찾아야 한다.

이야기 속 사람은

나를 위해 오래 기다려주지 않는다.

어렵고 불편하기만 했던 아버지가 어느 날 내 눈앞에 보였다. 어깨는 이미 축 처지고 앙상하게 말라버린 모습으로 나의 의미 없는 말 한마디에도 미소를 짓는 그런 힘없는 노인이 되어 있었다.

나와 아버지의 관계에는 이야기가 없었다. 아버지에 관한 기억은 내 가슴으로 내려가지 못하고, 머릿속에 머물며 상처로만 남아 있었다.

그러던 어느 날 아버지의 이야기가 들리기 시작했다. 그 시대 아버지들의 애환을 나의 아버지도 가지고 있다는 것을 그때 알았다. 막노동판을 전전하면서도, 일찍 어머니와 사별하고서도 힘들다, 외롭다. 이런 말 한번을 하지 않았다. 아버지와의 이야기에 진실이 없었던 것이 아니라 내가 그 진실을 보지 못했다.

그러나 그 진실을 너무 늦게 찾았다. 아버지와 숨겨진 이야기를 나누고, 주름진 손과 굽은 어깨 한번 제대로 만져드리지 못했는데 아버지는 세상을 떠나셨다. 아무 말 없이 그렇게 조용히 떠나셨다. 아버지의 이야기를 들어드리지 못한 것, 한 번도 안아드리지 못한 것은 평생 가슴에 남아 나를 아프게 하고 있다.

상처는 이야기의 시작이다. 상처를 멀리하지 말고 가까이 두어야 한다. 그러면 상처의 흔적을 남긴 그 사람의 진실이 보일 것이다.

더 늦기 전에 그 사람과의 이야기를 찾아야 한다. 이야기 속 사람은 나를 위해 그리 오래 기다려주지 않는다. 서둘러야 한다. 숨겨진 이야기를 찾기 전에 그 사람이 내 곁을 떠날 수도 있다. 이야기를 찾지 못하면 그 상처는 평생 당신을 아프게 할 것이다.

017

착각

나이가 들면 더 '지혜'로워지는 줄 알았다.

하지만 더 고집스러워지는 나를 본다. 지혜는 누구나 가질 수 있는 축복이 아니라는 것을 배웠다.

나이가 들면 더 '겸손'해지는 줄 알았다.

하지만 더 드러내려는 나를 본다. 겸손은 누구나 품을 수 있는 배려가 아니라는 것을 배웠다.

나이가 들면 더 '용기'가 생기는 줄 알았다.

하지만 더 비굴해지는 나를 본다. 용기는 누구나 취할 수 있는 여유가 아니라는 것을 배웠다.

몰랐던 것을 알아가는 것은 기쁜 일인데 왜 자꾸 슬퍼지는지 모르겠다.

'나' 자체가 착각인가 보다.

018

지식의 축복

지식은 '앎'을 더해가는 것이 아니라,

'모름'을 알아가는 것.

사람을 볼 수 있게 해주는 지식은

저주가 아니라 축복이다.

내가 아무리 이야기해도 상대방이 제대로 이해하지 못하는 상황을 심리학 용어로 '지식의 저주'라고 한다. 엘리자베스 뉴턴이란 미국의 심리학 박사는 한 논문에서 '지식의 저주The curse of knowledge'를 이렇게 설명한다.

지식의 저주는 자신에게 너무 익숙하고 쉽다는 이유로 다른 사람도 그럴 것이라고 무책임하게 확신하는 것이다.

우리 속담의 '아는 게 병이다'라는 말과 유사하다. 지식은 '앎'을 더해가는 것인데, 앎이 더해질수록 다른 사람과의 관계가 어려워지거나 이해를 방해한다면 지식의 저주가 맞을 것이다.

하지만 다른 한편으로 지식이 '앎'을 더해가는 것이 아니라 '모름'을 알아가는 것이라 본다면 꼭 저주만은 아니라는 생각도 든다. 앎이 더해질수록 그동안 내가 얼마나 무지했는지 깨닫는다.

나이가 들면서 지식은 많아지지만 마음은 점점 비워진 듯한 '공허함'이 커진다. 나의 익숙함 속에 상대방을 가두려는 아집과 독선을 보면서 지식을 저주라고 생각했지만, 조용히 눈을 감고 텅 빈 상태의 나 자신을 바라볼 수 있게 도와주는 것을 보면 축복이라는 생각이 들기도 한다.

눈을 뜨고 볼 때는 '세상'이 보이더니, 눈을 감고 보니 '사람'이 보인다. 사람을 볼 수 있게 해주는 지식은 저주가 아니라 축복이 맞는 것 같다.

019

사람이 없는 세상

사람이 사라지면,

삶 또한 사라질 것이다.

자신보다 약한 상대와 더불어 살아가는 유일한 존재가 바로 사람이다. 동물은 자신보다 약한 상대는 죽이거나, 무리에서 쫓아버린다. 무리에서 함께 살기 위해서는 강자에게 철저히 굴복하는 것이 유일한 생존 방법이다.

그러나 사람은 싸우는 것보다 싸우지 않는 것을 먼저 생각한다. 사람은 혼자 살아갈 수 없다는 것을 알고 있기 때문이다. 이렇게 사람들이 어우러져 살아가는 것이 '삶'이다.

하지만 요즘 세상에는 자신보다 약한 사람을 감정의 노예 정도로 여기며 착취하는 사람들이 너무나 많다. 사람의 폭력성은 동물보다 더 잔혹하다. 동물들은 자신에게 굴복하는 상대에게는 폭력을 가하지 않지만, 사람은 폭력 자체를 즐긴다. 오히려 자신에게 굴복한 상대만을 골라 집요하게 폭력을 행사하고, 폭력의 쾌감을 공유하기도 한다.

가폭(가정폭력), 학폭(학교폭력), 직폭(직장폭력)….

폭력은 이제 때와 장소, 대상을 가리지 않는다. 단순히 나의 힘을 과시하는 위협의 수준을 넘어, 사람 자체를 부정하는 지경에 이르렀다. 더욱 우리를 아프게 하는 것은 사람에 대한 폭력이 아무런 죄의식 없이 행해진다는 점이다.

어린 자녀를 화풀이 대상으로 삼는 부모들을 보면서, 그 사악함에 저주라도 내리고 싶다.

친구를 죽음으로 몰아넣는 동영상을 찍고 웃으며 돌려보는 학생들을 보면서, 그 무지함에 경악한다.

직원을 자신이 돈으로 산 노예처럼 대하는 상사를 보면서, 그 탐욕에 무력감을 느낀다.

더불어 사는 것이 삶이거늘 사람을 자기감정의 노예로 전락시키는 사람들의 잔혹함, 탐욕에 점점 두려움을 느낀다.

더 가슴 아픈 것은 폭력 피해자가 자신이 입은 상처를 또 다른 상대에게 그대로 전하며 반복되는 '폭력의 전이'다.

일시적인 충동을 넘어 '쾌락'으로 변한 폭력의 일상화는 더는 사람 사는 세상이기를 포기한 것처럼 느껴지게 한다. 이런 세상에서는 절대 살아갈 수 없다.

그래도 사람인데. 사람은 삶의 유일한 희망이다. 이제는 누군가를 삶이 아닌 죽음으로 몰아가는 짓은 보고 싶지 않다.

'사람이 사라지면 삶 또한 사라질 것이다.'

020

같은 생각, 다른 결과

생각은 결과를 만든다.

세상에 존재하는 모든 결과는 생각의 산물이다.

신과 사람은 똑같이 '사랑'을 생각했다.

하지만 결과는 완전히 달랐다.

신은 '사람'을 만들었고,

사람은 또 다른 신을 만들었다.

021

꽃이 사라진다면

꽃은 내일을 꿈꾼다.

향기를 만들고, 향기는 벌과 나비를 부르고,

벌과 나비는 생명을 나른다.

그 생명은 꽃이 되어 또 다른 내일을 꿈꾼다.

이런 꽃들이 반란을 일으켰다.

'다시는 사람들이 나를 보지 못하게 할 것이다!'

꽃은 향기를 만들지 않았고,

향기가 없는 꽃은 다시는 벌과 나비를 만나지 못했다.

꽃은 더는 생명을 품지 못했다.

결국 꽃은 세상에서 사라졌다.

사람들은 이제 꽃을 볼 수 없었다.

3월 말. 예년 같지 않은 따뜻한 날씨에 봄꽃들이 서둘러 자태를 드러낸다. 노란 개나리가 제일 먼저 시선을 잡아끈다. 길가에 가지런히 피는 개나리도 있지만, 언제 그곳에 꽃씨를 날린지도 모르게 먼 산 중간중간에 핀 노란 개나리들이 자신을 드러내고 있다.

이에 질세라 하얀 목련과 진달래도 속살을 조금씩 드러내고 있다. 햇살과 좀 더 가까이 닿은 것들은 꽃을 살짝 피웠고, 햇살이 약간 먼 꽃들은 속살을 드러내기 위한 마지막 준비에 분주하다. 저녁 무렵 아내와 산책을 하던 중에 길가에 핀 노란 개나리를 보고 아내가 좀 꺾어가자고 했지만 그냥 놔두라고 한마디 했다.

이른 봄 피어오른 꽃들은 겨우내 얼어붙어 있던 사람의 마음을 흔들어놓기에 충분하다. 그래서 사람들은 봄꽃의 화려한 색과 향기를 조금이라도 더 가까이하고 싶은 마음에 꽃을 꺾어 화병에 꽂아두고 싶어 한다. 하지만 사람들의 꽃에 대한 관심은 그리 오래가지 않는다. 이내 관심에서 멀어진 꽃들은 시들어 쓰레기통에 버려지는 신세가 되고 만다.

사람들의 이기심에 꺾여 쓰레기통에 버려진 꽃들이 사람을 향해 반란을 일으키는 상상을 해본다. 자신들을 쓰레기로 만들어 버린 사람들을 향해 꽃들이 말한다.

"다시는 사람들이 나를 보지 못하게 할 것이다."

꽃들은 이제 향기를 만들지 않았고, 향기가 없는 꽃은 나비와 벌들을 만나지 못했다. 나비와 벌들이 생명을 나르지 못한 꽃들은 끝내 혼자 시들어 죽고 말았다. 그렇게 죽어간 꽃들은 다시는 피지 못했고, 세상에서 영원히 사라졌다. 사람들은 다시는 꽃을 볼 수 없었다.

세상에는 꽃처럼 '내일을 꿈꾸는 사람들'이 있다. 그들은 '내일'을 잉태하기 위해 벌과 나비처럼 분주히 생명을 나른다. 벌과 나비에게 꽃의 향기가 필요하듯, 그들에게는 '희망'이 필요하다.

하지만 내일의 희망보다는 과거의 상처에서 벗어나지 못하는 어리석음과 무지로 인해 세상에서 '희망'이 점점 사라지고 있다. 향기가 사라진 꽃이 벌과 나비를 부르지 못하듯, 희망이 사라진 세상은 내일을 꿈꾸는 사람들을 부르지 못한다.

결국 세상에서 내일이 사라지고, 오직 지난 과거의 허물을 찾아 상대방을 비난하는 시끄러운 외침만 존재하게 된다.

'내일이 없는 세상'은 꽃이 없는 세상과 같다. 내일을 꿈꾸는 사람들이 이 세상에서 사라지기 전에 희망의 향기를 되찾아야 한다.

그 희망의 향기는 다름 아닌 바로 '사람'이다. 영원히 변하지 않는 사람만이 내일의 희망이 될 수 있고, 흩어져서 서로 비난하는 세상을 하나로 모을 수 있다. 사람은 세상이 서로 어울려 영원한 새 생명을 이어갈 수 있게 만드는 꽃의 향기와도 같은 것이다.

꽃이 만발한 세상, 사람이 만발한 세상을 꿈꾸는 사람들 속에 내가 있었으면 좋겠다. 희망의 향기를 나르는 그런 사람이 되었으면 좋겠다.

022

敎 & 指

세상에는 '가르치는敎 사람이 있고

가리키는指 사람'이 있다.

가르치는 사람은 '지식'을

가리키는 사람은 '지혜'를 준다.

지식은 '유한'하지만

지혜는 '무한'하다.

지식은 '결과'를

지혜는 '과정'을 보게 한다.

지식은 ‘어떻게’를

지혜는 ‘왜’를 생각하게 한다.

나는 가르치는 사람인가,

가리키는 사람인가?

023

생각하는 사람

고독한 사색은

사건 속에 가려진 '사람'을 보게 한다.

신영복 교수님은 로댕의 〈생각하는 사람〉을 보고 이렇게 말했다.

> '진리'란 일상적 삶 속에 있는 것이 아니며,
> 고독한 사색에 의해 터득되는 것이다.
> 로댕은 진리를 찾아 고독한 사색에 빠져 있는
> 진실한 인간의 모습을 그려낸 것이다.

로댕은 무엇을 생각한 것일까. 누구를 기다린 것일까. 그의 사색을 가득 메운 진실을 향한 갈망 끝에는 무엇이 존재했을까.

고독한 사색에 빠진 사람을 신영복 교수님은 '진실한 인간'이라 말한다. 고독은 세상과 떨어져 홀로 있는 것이다. '진실함'은 홀로 있는 것으로부터 시작한다.

진실, 자유 그리고 사람! 오랫동안 잊고 지냈던, 세상의 수많은 사건에 가려져 보이지 않던 것들이다. 계속되는 무거운 선택의 강요 속에서 오늘 나는 무엇을 생각하는가. 누구를 기다리는가. 내 머릿속을 가득 채운 사색의 끝에는 무엇이 있는가.

내 사색의 끝에는 아무래도 사람에 대한 그리움이 있는 것 같다. 내 몸에서 사람 냄새가 점점 사라지고, 회색 시멘트 건물의 무미건조한 냄새가 뱄다. 사람을 곁에 두고도 사람이 어디 있는지 찾아 헤맨다. 그런 수많은 사람 중에서 희미하게 내 모습이 보인다.

024

사람이 변하는 이유

사람이 변하는 이유는

본래의 나를 찾고 싶은 욕망 때문이다.

사람은 변하지 않는다는 말도 있지만, 살아가면서 적어도 네 번은 변하는 것 같다.

첫 번째는 '사춘기, 나를 찾는 변화'이다.

사춘기 때는 육체적으로 큰 변화가 나타나지만, 더 중요한 변화는 정신적으로 자신에 대한 생각이 깊어지는 것이다. '나는 누구인가?' 타인과 구별된 자신을 찾기 위해 고민하는 시기다.

두 번째는 '분리기, 나를 독립시키는 변화'이다.

사춘기를 거치며 확장된 자신에 대한 개별화는 필연적으로 타인과의 충돌을 가져온다. 그 충돌 과정을 통해 의존적이던 자신을 독립된 존재로 변화시킨다. 이 시기에는 자신만의 독립된 영역을 꿈꾸고, 사람들로부터 독립을 시작한다.

세 번째는 '타협기, 나를 성숙시키는 변화'이다.

독립 과정에서 타인과의 충돌을 경험하면서 자신만의 영역을 지키는 방법을 배워가는 시기이다. 경쟁과 충돌만으로 자신의 영역을 지키는 것이 어렵다는 사실을 알게 되면서 차츰 사람과 타협하는 것을 배워간다.

마지막은 '동경기, 본래의 나를 찾는 변화'이다.

타협을 하며 살아가지만, 그 타협의 과정이 그리 공정하지 못함을 경험한다. 그래서 소외감을 느끼고, 그 소외감이 원래의 자신으로 회귀하고자 하는 욕망을 작동시킨다.

결국 태어날 때 자신의 모습을 되찾아가는 여정이 삶이 아닌가 싶다.

025

수치심

사람이 사람인 이유는 여러 가지가 있겠지만, 그중에서도 '수치심羞恥心'을 느끼는 존재라는 사실이 가장 먼저 떠오른다.

수치심은 스스로 부끄럽게 느끼는 마음을 말하며, 학습되는 것이 아니라 사람의 내면에 존재하고 있는 본성이다.

사람은 육체적인 수치심 때문에 몸을 가리고, 지적인 수치심 때문에 공부하며, 도덕적 수치심 때문에 절제한다.

사람 이외에는 그 어떤 동물도 수치심을 느끼지 않는다.

하지만 나이가 들면서 육체적인 타락은 물론, 지적 게으름, 도덕적 무감각 앞에 점점 무력해지는 내 자신을 보게 된다.

육체적 탐욕은 그 깊이를 더해가고, 지적 게으름으로 아집은 더 견고해지며, 도덕적 무감각은 나를 교만의 정점에 서게 한다.

수치심을 잃어가는 것.

이것이 오늘도 나를 힘들게 만드는 이유다.

026

인공지능이 사람을 대신할 수 없는 이유

인공지능Artificial Intelligence은 사람을 대신할 수 없다. 그 이유는 '지는 법'을 모르기 때문이다.

사람은 이길 수 있지만 이기지 않고 져주는 법을 안다. 그것은 때로는 '지는 것이 이기는 것이다'라는 사실을 알기 때문이다.

하지만 인공지능은 이길 수 있는 것은 모두 이겨버린다. 지는 것을 모르기 때문이다.

이것이 인공지능이 사람을 대신할 수 없는 이유다.

Ⅱ.

‘삶’,
조금 긴 하루

많은 사람과 뒤엉켜 살아가고 있지만,
늘 혼자서 창문 밖의 세상을 보는 듯한 이질감을 느끼곤 한다.

사람은 세상에 자신의 흔적을 남기려 하고,
세상은 그런 사람의 흔적을 지우려 한다.
삶이 힘겹게 다가오는 이유는
'세상에서 내 흔적이 지워지는 것'을 보아야 하기 때문이다.

과연 누구를 위해, 아니 무엇을 위해
이렇게 치열하게 고민하는 것일까?
잠시도 멈춰본 적이 없는 삶의 톱니바퀴지만
아무리 돌아도 세상은 나의 작은 흔적조차 허용하지 않는다.

사라져가는 나의 흔적들을 보면서 쓴 미소를 짓는 것만이
내 삶을 위해 할 수 있는 유일한 여유인 것 같다.
그럼에도 불구하고 삶은 소망이어야 한다.
'삶을 하늘에 쓴다.'

027

삶의 또 다른 이름

힘들다.

그럼에도 불구하고 일어서야 한다.

두렵다.

그럼에도 불구하고 당당해야 한다.

멈추고 싶다.

그럼에도 불구하고 가야만 한다.

뒤틀리고 터진 상처투성이 발을 찍은 사진 한 장이 화제가 된 적이 있다. 그 사진 속 주인공은 세계적인 발레리나 강수진 씨였다. 사진 속에 드러난 발은 화려함 뒤에 가려진 인고忍苦의 흔적이자 행동하는 정신의 시대적 모범으로 모든 사람의 주목을 받았다.

강수진 씨는 그 힘들고 두려웠던 시간을 어떻게 버틸 수 있었을까? 강수진 씨의 별명은 '강철나비'라고 한다. 스스로 독하다고 말하지만 개인의 영광만을 생각했다면 지금의 강수진은 존재하지 못했을 것이다.

그녀가 왜 그렇게 독한 강철나비가 되어야 했을까. 그 이유를 섣불리 단정하는 것도 무례가 되겠지만 아마 '간절함' 때문이 아닐까 생각해본다.

그녀는 낯선 독일 땅에서 슈투트가르트 발레단의 솔리스트가 되어 무대에서 홀로 춤추는 자신을 간절히 꿈꾸었을 것이다. 이름 없는 동양인이 솔리스트가 되는 것은 아마도 불가능에 가까운 일이었을 것이다. 그럼에도 불구하고 강수진 씨의 그 간절함이 모든 편견과 고통을 넘어설 수 있게 만든 힘이 된 것은 아닐까.

우리들의 삶도 그 사진 속의 발만큼은 아닐지라도 세상이라는 무대에서 꿈을 이루기 위해 고통을 견디며 살아가는 것은 다르지 않을 것이다.

빈센트 반 고흐에 관한 일화가 있다. 우리가 알고 있는 것과는 다르게 그는 평생 단 한 점의 그림밖에 팔지 못했다고 한다. 반 고흐가 그의 동생 테오에게 보낸 편지를 모아 소개한《반 고흐, 인생을 쓰다》라는 책에는 반 고흐의 화려한 명성은 어디에도 없고, 삶의 힘겨움과 세상에 대한 무기력한 반항, 미래에 대한 불안함 그리고 자신에 대한 변명만이 보일 뿐이다.

> 넌 이해하기 힘들겠지만,
> 사실 돈을 받을 때 내가 정말 갈구하는 것은
> 굶주림을 해결해줄 먹을거리가 아니라
> 간절하게 그림을 그리고 싶다는 열망이다.
>
> 지금 당장 모델을 찾으러 나가 돈이 떨어질 때까지
> 계속 그림을 그리고 싶다.

그 시대 사람들은 반 고흐를 알아주지 않았지만, 그럼에도 불구하고 고흐는 가장 순수한 용기를 품고 어둡고 무거운 삶에 대한 '희망'과 '열정'을 잃지 않았다.

지난 시간을 되돌아본다. 힘들어 주저앉고 싶었지만 그럼에도 불구하고 다시 일어서야만 했던 시간. 두려워 뒤로 물러서고 싶었지만 앞장서야만 했던 시간. 멀리 도망가고 싶었지만 그럼에도 불구하고 그 자리에 머물러야 했던 시간.

발레리나 강수진 씨의 '간절함',

빈센트 반 고흐의 '희망'과 '열정.'

그 사람들만큼은 못 되더라도 나름의 간절함과 희망 그리고 열정을 가지고 살아왔다. 삶의 또 다른 이름이 무엇이냐고 나에게 묻는다면 나는 이렇게 답할 것이다.

'그럼에도 불구하고'라고.

028

서로 다른 언어의 세계

세상에서 가장 무서운 언어는

'무관심'이다.

무관심은 보이지만 보이지 않는 것처럼,

들리지만 들리지 않는 것처럼

사람을 대하는 것이다.

오래된 유머 중에 할아버지와 손자의 목욕탕 대화 이야기가 있다.

뜨거운 탕 속에 들어가면서 할아버지가 말한다.

"어휴, 시원~하다."

그 말을 들은 손자가 탕 속에 냉큼 들어간다. 그런데 물이 너무 뜨거워 기겁을 하고 뛰쳐나오면서 한마디한다.

"세상에 믿을 놈 하나 없네!"

할아버지는 몸이 나른해지면서 따뜻해지는 것을 시원하다고 말한다. 하지만 손자의 언어 세계에서는 시원한 것은 너무 차갑지 않은 적당한 온도를 말하는 것이다. 할아버지의 언어 세계를 이해하지 못한 손자가 속았다는 생각이 드는 것이 당연하다.

언어는 언제, 누가, 어떻게 사용하느냐에 따라 그 의미가 완전히 달라진다. 상대방에게 나의 생각을 전하기 위해서는 상대방이 공감할 수 있는 언어를 사용해야 한다.

이기주 작가는 《언어의 온도》에서 이렇게 말한다.

때로는 차갑거나 때로는 따뜻하거나,
차갑다가도 한순간에 따뜻해지고,
따뜻하다가도 한순간에 차가워지는 게
말과 글입니다.

어떻게 사용하느냐에 따라서
상대방의 마음을 차갑게 혹은 따뜻하게 만들지요.
옆에 있는 사람을 떠나가게 하기도,
떠나간 사람을 돌아오게 하기도 하는
강력한 힘이 있는 것이 말과 글입니다.

지금 대한민국은 서로 다른 언어 세계에 빠져 혼란을 겪고 있다. 정치의 언어, 경제의 언어, 사회의 언어 등 모든 분야의 언어가 계층 사이의 이질성을 증폭시키고 있다.

누구도 상대방의 언어를 이해하려 하지 않는다. 내가 이해하지 못하는 언어는 부정, 즉 정의롭지 못한 것으로 몰아간다. 정의롭지 못하다는 것은 공존할 수 없다는 것을 의미한다. 나와 같은 언어를 사용하든가 아니면 사라지든가 둘 중 하나다. 치열하다. 양보가 없다.

누구는 '적폐'라고 하고, 누구는 '정의'라고 한다. 어떤 것이 옳은지 도무지 알 수가 없다. 적폐와 정의가 어떻게 한 모습으로 공존할 수 있는지 믿어지지 않지만 세상이 그렇다.

이념, 지역, 계층, 연령을 구분하지 않고 이질적 언어가 난무한다. 이기주 작가의 말처럼 사람을 돌아오게도 하고, 떠나가게도 하는 감성적인 수준의 언어는 그나마 들어줄 수 있다. 하지만 누군가를 긴 어둠의 터널로 몰아가는 언어는 거칠다 못해 섬뜩하다.

하지만 더 무서운 언어가 있다. 다름 아닌 '무관심'이다. 무관심은 보이지만 보이지 않는 것처럼, 들리지만 들리지 않는 것처럼 사람을 대한다. 누군가 도와달라고 외치는 소리가 들리고 느껴지지만 외면하는 것이다. 무관심은 그 어떤 논리나 주장, 강요로도 극복할 수 없다. 오직 사람을 대하는 진솔한 마음이 유일한 해결책이다.

진솔한 마음으로 대하면 그 사람의 가슴속 울림을 들을 수 있다. 진솔한 마음이 있으면 그 사람의 떨리는 손짓이 보인다. 진솔한 마음이 있으면 그 사람의 눈빛을 읽을 수 있다.

그동안 내 주변의 소리들을 얼마나 많이 외면하고 살았을까. 그저 내가 하고 싶은 말만 하고 상대방의 말은 얼마나 많이 무시했을까. 나의 무관심으로 얼마나 많은 사람이 상처받고 낙심하며 좌절했을까.

이제 내가 세상의 관심에서 벗어나게 될 시간이 그리 멀지 않았다. 아무리 소리쳐도 들어주는 사람 없는 그 두려움을 맞이할 준비를 해야 한다.

029

몰입, 삶의 주인이 되다

내 삶을 누군가에게 의지하지 않고,

삶에 몰입한다면,

삶의 주도권이 세상이 아닌 나에게 주어진다.

유엔에서는 매년 각 나라의 행복지수를 조사해서 발표하고 있다. 행복지수를 평가하는 요소는 국내총생산GDP, 사회적 자원, 건강 수명, 인생 선택의 자유, 국민의 사회적 의식 수준 등이 포함되는데 2017년 행복지수 1위 국가는 노르웨이였으며, 대한민국은 155개 국가 중 56위였다.

사람은 과연 언제 행복감을 느끼는 것일까? 미하이 칙센트미하이 교수는 그 답을 '몰입'에서 찾는다. 인간은 몰입할 때 자신의 삶을 스스로 정당화하게 되는데, 몰입의 결과는 스스로의 힘으로 만든 것이기에 우리의 의식을 더욱 성숙시킨다는 것이다. 결국 '행복은 스스로의 힘으로 무언가를 이루어낼 때 느낄 수 있는 자유로움'을 의미한다고 할 수 있다.

몰입을 통해 만들어진 결과들은 매우 창의적이고 창조적인 경우가 많다. 지금 우리들이 사용하는 많은 것은 누군가의 몰입의 산물이라고 보면 된다.

몰입을 통한 창조는 그 시대를 주도하는 새로운 규칙이나 기준을 만들어낸다. 이전에 만들어진 규칙과 기준에 맞추는 것이 아니라, 모든 규칙과 기준이 새롭게 세워지는 것이다.

하지만 몰입은 스스로 자신의 삶 속으로 진지하게 접근할 때 가능하다. 오로지 내면의 나 자신과 대면하여 내 삶을 정당화함으로써 스스로의 힘으로 무언가를 창조해낼 수 있는 것이다. 몰입은 타인과 공유할 수 있는 것이 아니다.

결국 나 자신과 대면하기 위해서는 세상과 타협하는 것이 아니라 한 발짝 떨어져 세상을 볼 수 있어야 한다.

기시미 이치로와 고가 후미타케는 《미움받을 용기》에서 '자유'를 이렇게 말하고 있다.

'자유'란 타인에게 미움을 받는 것이네.

자네가 누군가에게 미움을 받는 것,

그것은 자네가 자유롭게 살고 있다는 증거이자

스스로의 방침에 따라 살고 있다는 증표일세.

남이 나에 대해 어떤 평가를 내리든 마음에 두지 않고,

남이 나를 싫어해도 두려워하지 않고, 인정받지 못하는

대가를 치르지 않는 한 자신의 뜻대로 살 수 없어.

행복, 자유 그리고 삶.

이 시대를 살아가는 사람들의 결론 없는 담론이기도 하다. 행복하고 자유로운 삶을 위해서는 세상으로부터 미움받을 용기를 가지라는 저자의 외침이 왠지 마음속에 파장을 몰고 온다.

결국은 '용기'다. 몰입을 통한 행복도, 행복을 통한 자유도 용기가 있어야 한다. 비록 세상과 멀어지는 것처럼 느껴지더라도 너무 두려워하면 안 된다. 용기는 아마도 세상으로부터 미움받을 충분한 이유가 된다.

내 삶을 누군가에게 의지하지 않고 내 삶에 몰입한다면, 삶의 주도권이 세상이 아닌 나에게 주어진다. 주도권을 가진 사람은 세상을 당당하게 바라보면서 자유로움을 느낄 수 있다. 그

자유로움이 바로 행복이다.

'몰입, 내 삶의 주인이 되는 길이다.'

030

홀로서기

'홀로서기',

머리가 아닌 가슴으로 삶을 대하는 것이다.

최진석 교수는 《탁월한 사유의 시선》이라는 책에서 홀로서기에 대해 이렇게 말한다.

참된 사람眞人은

'홀로 우뚝 서서 세상을 은유하는 사람'이다.

독립적 존재만이 홀로 설 수 있다. 홀로 설 때

세상을 어느 하나의 개념이나 신념으로 보지 않고,

무한한 상상의 세계 속에 존재하여 표현할 수 있게 한다.

그 표현은 지금까지 한 번도 본 적이 없는

새로움과 창조의 세계이다.

나는 독립적인가? 지금 나를 지배하는 사유의 틀은 누구에 의해 만들어진 것인가? 나는 왜 그 틀을 고수하려 하는가? 수많은 누군가가 아닌 오로지 '나', 그 자체로 세상 앞에 서본 적이 있는가? 아무도 나에게 무엇인가를 강요하지 않는 그런 시간에 내가 머물러본 적은 있는가?

방구석에 먼지가 쌓이듯, 세상 속으로 들어갈수록 보이지 않는 나의 마음속에 세상의 기준이 쌓여간다. 먼지가 이내 온 방안을 차지하듯, 나의 마음도 세상의 기준으로 가득 채워져 나를 지배하고 있다.

홀로서기. 최진석 교수가 말한 것처럼 세상 앞에 도도히 서서 그 세상을 은유하고 싶다. 하지만 지금까지 단 한순간도 세상 앞에 자유롭고 당당하게 서보지 못한 것 같다. 가슴은 세상을 향해 소리치지만, 머리는 가슴의 소리를 외면한 채 세상의 소리에 더 귀기울인다.

점점 깊어가는 머리와 가슴의 괴리감에 혼란스러움을 넘어 두려움마저 든다. 서정윤 시인이 〈홀로서기〉에서 말한 것처럼 고독과의 투쟁을 혼자 견뎌야 하는데 그럴 용기가 나에게는 없다.

나의 전부를 벗고 알몸뚱이로 모두를 대하고 싶다.

그것조차 가면이라고 말할지라도 변명하지 않으며 살고 싶다.

말로써 행동을 만들지 않고, 행동으로 말할 수 있을 때까지

나는 혼자가 되리라.

그 끝없는 고독과의 투쟁을 혼자의 힘으로 견디어야 한다.

부리에, 발톱에 피가 맺혀도 아무도 도와주지 않는다.

- 서정윤 〈홀로서기〉 중에서

혼자의 힘으로 일어선다는 것이 이렇듯 힘든 것일까, 지금도 가슴은 용광로처럼 끓고 있는데 머리는 단 한 발짝도 앞으로 나가려 하지 않는다. 언제쯤 바람만이 아닌 행동으로 말할 수 있을까. 언제쯤 삶 앞에서 변명하지 않으며 살 수 있을까.

오늘도 가슴의 떨림을 차마 모른 체할 수 없어서 애꿎은 종이 위에 알아볼 수 없는 언어들을 토해낸다. 익숙한 것들과의 이별을 말하지만 여전히 세상에서 버림받는 것을 두려워하며 이러지도 저러지도 못하고 엉거주춤 우스꽝스런 모습으로 살아간다.

이런 나의 모습을 애써 외면해보지만 왠지 아프다.

031

세상과의 결별

세상의 '과거'가

나의 '지금'을 구속하지 못하도록

세상의 '지금'이

나의 '내일'을 대신하지 못하도록

오늘도 세상과의 결별을 생각하며 나를 다그쳐본다.

언젠가 산행 중에 잠깐 길을 잃은 적이 있다. 인적이 드문 곳에 접어들자 갑자기 적막감이 밀려와 걱정스러움에 온몸이 예민해지면서, 조금 전까지 들리지 않던 소리들이 들리기 시작했다.

'나뭇가지들이 부딪히는 소리, 벌레들 우는 소리,

계곡의 물소리, 나의 땀 속으로 스며드는 바람 소리.'

숲이 들려주는 소리는 길을 잃은 걱정을 이내 '자유'로 바꿔 주었다. 이전에 느껴보지 못했던 야릇한 이완감이 온몸에 스며들었다.

정해진 틀이나 관행으로 사람을 구속하려는 세상의 무례함이 나를 자극한다. 지금과 내일을 과거로 덮어버리려는 세상의 집요함에 짜증이 난다.

세상은 길을 잃은 사람에게 자유로운 소리를 들려주는 숲처럼 그렇게 포근하지 않다. 세상이 정해놓은 익숙함을 거부하는 사람은 낙오자가 되고, 아무도 그 낙오자에게 관심을 허용하지 않는다. 수많은 조건을 만들고 여유 없이 사람들을 몰아간다.

무라카미 하루키의 《양을 쫓는 모험》이란 소설의 마지막 부분에 이런 내용이 나온다.

플랫폼에는 아무도 없었고,

나를 포함해서 네 사람뿐이었다. 그래도 오래간만에

보는 사람들의 모습은 나를 안심시켰다.

어쨌든 나는 삶이 있는 세계로 돌아온 것이다.

설사 그것이 따분함으로 가득 찬 평범한 세상이라
할지라도 그것은 나의 세계인 것이다.

자신을 지배했던 관념의 세계에서 이제는 삶이 있는 나의 세계로 되돌아가려는 하루키 소설 속 주인공의 모습을 보면서, 오랜 시간 나를 덮어쓰고 있던 그 익숙함의 지배에서 자유롭고 싶은 갈망이 그와 다르지 않다는 것을 느낀다.

익숙함의 세상에서 벗어날 수 있을까?

아직도 두렵다. 하루키는 '나약함' 때문에 그렇다고 말한다. 맞다. 나약함 때문에 나의 삶이 있는 세상에서 살지 못하고, 관념과 가식 그리고 위선의 세상에서 벗어나지 못하고 힘겨워한다.

세상과의 결별은 세상으로부터의 탈출을 말하는 것이 아니다. 세상을 지배하고 있는 관념과 위선, 그리고 가식으로부터의 '자유'를 말하는 것이다. 지난 시간 길 잃은 숲속에서 느꼈던 깊은 이완감이 바로 지금 갈망하고 있는 자유다.

그 자유는 익숙함에 젖어 있는 나를 새로운 세상으로 이끌어줄 것이다. 비록 그 세상이 따분하고 평범한 세상이라 할지라도, 길 잃은 두려움이 있을지라도 나의 삶이 있는 세상이 될 것이라 기대한다.

새로운 삶을 찾아 떠나는 용기를 깨워본다.

032

비겁한 변명

질문이 아닌 '답'을

저항이 아닌 '복종'을

미래가 아닌 '과거'를 선택하려 할 때

그런 나에게 이렇게 소리치고 싶다.

'더 이상 비겁한 변명은 하지 마라.'

작금의 세상에는 자신만이 정의라고 외치는 사람들이 유독 많은 것 같다. 그런 사람들은 자신들의 정의가 세상의 기준이 될 때까지 끊임없이 구호와 깃발을 올린다.

기존의 정의는 새로운 정의에 무너지고, 새로운 정의는 또 다른 정의에 무너진다. 아마도 세상은 이렇게 다람쥐가 쳇바퀴 돌듯이 서로가 서로를 부정하며 만들어지는 것인가 보다.

힘을 가진 정의 앞에서 당당히 서기 위해서는 '용기'가 필요하다. 용기는 자신의 모든 것을 내려놓는 각오를 하는 것이다. 하지만 지금까지 단 한 번도 힘을 가진 정의 앞에서 당당하지 못했던 것 같다.

법정 스님은 자신이 초라하고 가난하게 보일 때는 삶의 기쁨과 순수성을 잃지 않은 사람 앞에 섰을 때라고 말했다.

> 내 자신이 몹시 초라하고 부끄럽게 느껴질 때가 있다.
> 내가 가진 것보다 더 많은 것을 갖고 있는 사람 앞에
> 섰을 때는 결코 아니다.
>
> 나보다 훨씬 적게 가졌어도
> 그 단순과 간소함 속에서 삶의 기쁨과 순수성을 잃지 않는 사람 앞에
> 섰을 때이다.
> 그때 내 자신이 몹시 초라하고 가난하게 되돌아 보인다.
>
> - 법정 《살아 있는 것은 다 행복하라》 중에서

법정 스님의 말처럼 내 삶 앞에서 순수성을 잃지 않기 위해 얼마나 힘겹게 살았는가. 신념은 또 다른 신념을 포용하지 않는

한, '신념'이 아니라 '독선'이 되어버린다는 것을 깨닫는다.

질문하기보다는 누군가 원하는 답을 내놓으려 하고, 저항하기보다는 누군가 요구하는 것을 수용하려 하고, 미래를 생각하기보다는 누군가 외치는 과거에 집착하며 비겁하게 살아온 나에게 이렇게 말해주고 싶다.

'더 이상 비겁한 변명은 하지 마라'고.

033

언제 분노하는가

나는 분노했다.

'원칙'과 '예외'가 평등하지 못할 때

나는 분노했다.

'Yes'와 'No'가 일관되지 못할 때

그러나 지금은

'어떤 상황에도 분노하지 않는 나'를 볼 때

분노한다.

'마음이 닫히면 바늘 하나라도 꽂을 수가 없다心閉卽不揷一針.' 세상의 기준과 까칠하게 대립하며 살다 보니, 바늘 하나 꽂을 여유도 없는 사람이라는 소리를 종종 듣는다. 세상에 마음을 닫은 것이 어찌 융통성 없는 나만의 문제이겠는가.

원칙은 어떤 경우에도 바뀌지 않아야 하는데, 그 원칙이 누군가에게는 예외가 되는 세상의 불평등을 보면서 분노했다. 어떤 사람들은 이래서 안 되고, 저래서 안 되는 'No'라는 대답을 들어야만 하는데, 어떤 사람들은 이래서 되고, 저래서 되는 'Yes'라는 답을 듣는 일관성 없는 세상을 보면서 분노했다.

미국의 사상가 겸 시인으로 알려진 랠프 월도 에머슨은 자기 자신을 믿는 것에 대해 이렇게 말하고 있다.

자기 자신의 생각을 믿는 것,

자기 마음속에서 진실인 것은

다른 모든 사람에게도 진실이라고 믿는 것,

그것이 천재天才다.

마음속에 숨어 있는 확신을 소리 내어 말하라.

그러면 그것이 보편적인 의미를 갖게 될 것이다.

- 랠프 월도 에머슨 《자기신뢰self-reliance》 중에서

세상에는 보이지 않는 장벽이 있다. 그 장벽의 이쪽과 저쪽은 사뭇 다른 세상이다. 그 다름의 장벽을 무너뜨리기 위해 나름 애쓰며 살았지만 장벽은 더 견고해져만 간다.

불평등하고 일관성이 없는 세상을 향해 소리치던 융통성 없던 내가 언제부터인가 어떤 상황에도 분노하지 않는 것을 보면서 그 무력함에 또 다른 분노를 느낀다.

바늘 하나 꽂을 수 없던 마음이었는데, 이제는 어떤 바늘도 쉽게 꽂히는 사람이 되어버렸다. 그런 나를 보면서 알 수 없는 연민을 느낄 뿐이다.

034

사실과 진실

삶은 사실의 연결이 아닌

진실의 연결이다.

진실을 가리는 세상이

삶을 더욱 힘겹게 만든다.

신영복 교수님은 《담론》에서 사실과 진실에 대해 이렇게 말한다.

사실이란 작은 레고 조각에 불과하고,

그 조각들을 모으면 비로소 진실이 된다.

현상의 인식은 겉으로 드러난 '사실'과 내재되어 드러나지 않은 '진실'이 공존한다. 사실이 결과라면, 진실은 과정이다. 사실은 계획되고 의도될 수 있으나, 진실은 그럴 수 없다.

사실은 객관적이고 증명되어야 한다. 사실을 증명하는 것이 과학이다. 과학은 증명되지 않는 것을 사실로 받아들이지 않는다. 사실을 증명하기 위해 과학은 끊임없이 성장한다. 과학은 사람을 대신할 수 있는 존재의 증명까지도 눈앞에 두고 있다.

하지만 진실은 증명되는 것이 아니라, 사람을 통해 이해해야만 볼 수 있는 것이다. 사람은 어떤 주장이나 근거에 의존해서 이해되고 증명될 수 있는 존재가 아니다.

사람을 통해 진실을 들여다볼 수 있는 것을 통찰insight이라고 한다. 통찰은 현상을 현상으로만 보지 않는다. 나타난 현상을 둘러싼 내외적인 구조를 새로운 관점에서 파악한다. 즉 사실 속에 내재되어 있는 어떤 원인, 의도, 욕망과 같은 보이지 않는 것을 보려고 하는 것이다.

사실을 증명하는 과학이 눈앞에 보이는 산을 오르는 것이라면, 진실을 볼 수 있는 통찰은 보이지 않는 산을 오르는 것과 같다.

사람의 욕망은 직접 보고 듣는 것에 작동한다. 그러나 통찰은 보이지도, 들리지도 않는 것에 욕망을 작동시켜야 하는 것이다. 그래서 통찰은 더 나은 내일을 만들 수 있는 힘이 된다.

신영복 교수님은 '통찰'에 대해 이렇게 전한다.

> 통찰을 차폐하는 사회적 장치는 치밀하게 짜여 있습니다.
>
> 통찰 그 자체로서는 사회적 역량이 되지 못합니다.
>
> 그럼에도 불구하고 통찰에서 시작되어야 함에는 변함이 없습니다.

삶은 분명 사실의 연결이 아닌, 진실의 연결이다. 사실 뒤에 가려진 진실이 삶의 본래 모습이지만 그 진실을 숨기는 세상이 삶을 더욱 힘겹게 만들고 있다.

미지의 진실을 좇는 통찰의 욕망이야말로 사람이 사람일 수 있는 최고의 이유가 아닌가 생각해본다. 눈에 보이는 사실에 함몰되고, 그런 사실을 왜곡하고 조작하는 작금의 세상을 보면서, 사람이 중심이 되는 진실의 세상에 대한 갈망이 더 커져만 간다.

돌이켜보면 그 진실을 찾기 위한 욕망 때문에 지쳐 포기하고 싶은 수많은 순간에도 지금까지 버틸 수 있었다. 오늘도 진실을 보기 위해 쉬지 않고 작동하는 가슴의 떨림을 느끼며 내가 살아 있음을 깨닫는다.

035

누가 더 아파하는가

슬퍼하지만

화내지 않는 사람

화내지만

슬퍼하지 않는 사람

슬퍼하는 사람 & 화내는 사람

누가 더 아파하는 사람인가?

미국의 한 고등학교에서 총기 난사 사고로 많은 학생이 목숨을 잃었다는 뉴스를 보았다. 뉴스 화면에는 희생된 학생들의 사진과 그 위에 쌓인 꽃들, 그 앞에서 애도하는 많은 사람의 슬퍼하는 모습이 보였다. 뉴스는 불의의 사고로 희생당한 학생들과 애도하는 사람들의 슬픔에 집중하고 있었다.

같은 날 우리나라에서 건축 중이던 건물이 무너져 지나가던 사람이 사망하는 사건이 발생했다. 뉴스에서는 온통 안전불감증이니, 불법증축이니 하는 보도와 이런 허술한 행정을 비난하는 사람들의 화난 모습만 보인다. 사고를 당한 사람에 대한 이야기나 애도하는 사람들의 슬픔은 어디에서도 찾아볼 수 없었다.

슬퍼하는 사람 & 화내는 사람. 누가 더 아파하는 사람일까? 사건 속의 '이유'를 보면 '화'가 나지만, 사건 속의 '사람'을 보면 '슬픔'이 보인다. 사건 속의 사람은 사라지고 사건의 이유만 주목받는 세상, 사람이 사는 세상이 아니라 이유가 사는 세상이 되어버린 것은 아닐까.

《언어의 온도》라는 책에서 이기주 작가는 상처를 겪어본 사람만이 그 상처의 깊이와 넓이와 끔찍함을 안다고 말한다.

> 그래서 다른 사람의 몸과 마음에서 자신이 겪은 것과
> 비슷한 상처가 보이면 남보다 재빨리 알아챈다.
> 상처가 남긴 흉터를 알아보는 눈이 생긴다.

그리고 아파봤기 때문에 다른 사람을 아프지 않게

할 수 있다.

사람이 점점 사라져가는 듯하다. 이념에 가려지고, 제도에 가려지고, 심지어 사건에 가려진다. 오늘도 수많은 사건이 우리를 자극한다. 그 사건에 가려진 많은 사람의 아픔은 아무도 관심을 갖지 않는다.

텔레비전을 끄고 조용히 창가를 내다본다. 화내는 사람은 많은데 정작 슬퍼하는 사람은 사라진 세상을 보면서 왠지 모를 씁쓸함에 잠시 생각에 빠진다.

'나도 언젠가는 어느 사건에 가려져 잊히겠지.

아무도 사건 속의 나에게는 관심이 없겠지.'

세상에서 잊히는 나를 보는 것은 견디기 힘든 일이지만 그래도 나의 마음을 이해하려는 많지 않은 사람들 때문에 다시 한 번 고개를 들어본다.

036

익숙함을 거부하다

관행을 바꾸는 '생각',

제도를 뛰어넘는 '용기',

그리고 기득권을 내려놓는 과감한 '절제'

이를 위해 필요한 것은 '익숙한 것들과의 이별'이다.

일정한 속도로 움직이던 물체는 계속 그 속도로 움직이려 한다. 하지만 움직이던 물체는 중력과 마찰력, 항력 등과 같은 저항 때문에 이내 멈추고 만다. 물체가 계속 움직이기 위해서는 이런 저항보다 더 큰 힘이 작동되어야만 한다.

사람이 사는 세상도 마찬가지다. 세상은 변화를 거부한다. 세상을 바꾸기 위해서는 변화를 막는 저항보다 더 큰 힘이 필요하다. 변화를 거부하는 세상의 저항에는 '관행'과 '제도' 그리고 '기득권'이라는 것이 있다. 이 세 가지 저항보다 더 큰 힘이 작동되어야만 세상을 바꿀 수 있다.

첫 번째로 세상의 '관행'이라는 저항을 넘지 못하고 좌절하는 경우가 많다. 관행이란 우리의 생각과 행동이 무의식적으로 반응하는 것을 말한다. 관행은 '보편성generality'이라는 강한 힘을 가지고 있다. 보편성은 어떤 특정한 영역에 한정되지 않고 전체에 두루 적용되기 때문에 이를 극복하기 위해서는 특정한 영역이 아닌 전체를 변화시켜야만 한다.

보편성이란 힘을 가진 관행은 누구도 쉽게 부정할 수 없는 존재가 된다. 모두가 받아들이는 것을 나만 부정한다면 모두를 상대로 싸워야만 한다. 그래서 관행이 무서운 것이다. 대부분 관행의 문턱에서 좌절하는 이유다.

두 번째로, 보편성을 갖게 된 관행은 '제도'라는 또 다른 모습으로 더 깊은 뿌리를 내린다. 제도는 관행의 '보편성'에 '책임'이라는 보다 강력한 힘을 더하여 사람들의 사고와 행동을 통제한다. 관행을 어기면 일부 비난이나 질책 정도만 감수하면 되지만, 제도를 어긴 경우에는 그에 상응하는 처벌을 감수해야 한다. 그래서 제도는 관행보다 더 극복하기 어려운 것이다.

관행의 힘을 넘는 것은 '생각'이지만, 제도의 힘을 넘기 위해서는 '용기'가 필요하다. 용기가 없으면 넘을 수 없는 것이 제도다. 관행을 깨고자 하는 생각이 있다 하더라도 행동으로 옮기지 못하고 실패하는 이유가 바로 제도가 주는 '책임' 때문이다.

마지막으로 어렵게 관행과 제도의 장벽을 넘는다 하더라도 더 큰 저항이 기다리고 있다. 바로 '기득권vested rights'이다. 기득권은 특정한 개인이나 조직이 정당한 절차(?)를 밟아 이미 차지한 권리를 말한다. 모든 사회 갈등의 이면에는 기득권을 둘러싼 다툼이 있다고 해도 과언이 아니다.

기득권은 생각이나 용기만으로 뛰어넘을 수 있는 것이 아니다. 기득권의 저항을 넘기 위해서는 내가 가진 모든 것을 내려놓을 수 있는 과감한 절제가 필요하다.

조선의 개국 과정을 다룬 〈육룡이 나르샤〉라는 TV 드라마가 있었다. 드라마 내용 중에 토지 개혁을 추진하던 정도전이 기존 권문세가들의 반대에 부딪치자 모든 토지대장을 불사르는 극단적인 조치를 취하는 장면이 나온다. 권문세가들의 반대가 바로 기득권을 지키려는 저항이다. 기득권을 극복하기 위해서는 불사른 토지대장처럼 모든 것을 새롭게 시작해야만 가능하다.

지금 시대의 화두는 변화 즉, 혁신이다. 하지만 성공적인 변화와 혁신은 찾아보기 어렵다. 관행을 조금 줄이는 정도를 혁신으로 착각하기도 하고, 일부 제도를 고친 용기를 혁신의 완성이라 말하기도 한다. 하지만 어느 누구도 자신이 가진 기득권을 내려놓겠다는 과감한 결정은 하지 못한다. 변화와 혁신은 더하는 것이 아니라 빼는 것이다. 그 빼는 것의 본질이 바로 기득권을 내려놓는 것이다.

관행을 바꾸는 생각, 제도를 뛰어넘는 용기, 그리고 기득권을 내려놓는 과감한 절제. 이것을 위해 필요한 것은 '익숙한 것들과의 이별'이다.

037

자격지심 自激之心

'자격지심'은

나를 구속하는 세상의 무례無禮에

저항하는 것이다.

그 저항은 또 다른 세상을 창조하기 위한

씨앗이 될 것이다.

자격지심은 자신이 한 일을 미흡하다고 여겨 스스로를 격하게 만드는 감정이다. 이러한 감정은 전혀 다른 형태의 행동으로 나타난다.

첫 번째는 일의 결과가 만족스럽지 못할 경우 스스로를 무능하고 부족한 존재로 비하하며 자신에게 분노하는 감정이다.

이런 감정은 이미 정해진 세상의 기준에 자신을 맞춰 살아가는 사람들의 모습이다. 이들은 대개 세상의 기준을 절대조건으로 여기고 그 기준을 충족시키기 위해 살아간다. 하지만 세상의 기준을 충족할 수 있는 사람은 그리 많지 않다. 그래서 늘 부족한 자신, 늘 무능한 자신을 탓하면서 스스로의 삶을 어둡게 만든다.

반면 일의 결과에 대한 원인을 자신이 아닌 세상에서 찾으려는 사람들이 있다. 이런 사람들은 깊은 사유를 통해 나타난 현상이 아닌 그 이면의 보이지 않는 문제에서 본질을 찾으려고 한다. 결과에 대한 질문을 세상에 던지고, 질문에 답하지 못하는 세상을 향해 새로운 해답을 요구한다. 세상은 이런 사람들에 의해 변화된다. 분노는 기존 질서와 가치를 부정하고 바꾸려는 시도이기 때문이다.

자격지심은 '자신을 구속하려는 세상의 무례無禮에 격동하는 마음'이다. 나 자신의 고유성을 인정하지 않고 세상의 기준으로 남과 비교하여 끊임없이 자신을 부족한 존재로 몰아가는 세상을 향해 당당히 마주 서서 세상의 무례함을 향해 소리칠 수 있어야 한다.

레지스탕스로 살아온 프랑스의 스테판 에셀은 《분노하라》라는 책에서 프랑스의 젊은이들에게 이렇게 말하고 있다.

나는 여러분 모두가, 한 사람 한 사람이,
자기 나름대로 분노와 동기를 갖기 바란다.
이건 소중한 일이다.

내가 나치즘에 분노했듯이 여러분이 뭔가에 분노한다면
그때 우리는 힘 있는 투사, 참여하는 투사가 된다.
이럴 때 우리는 역사의 흐름에 합류하게 되며,
역사의 도도한 흐름은 우리들 각자의 노력에 힘입어
면면히 이어질 것이다.
이 강물은 더 큰 정의, 더 큰 자유의 방향으로 흘러간다.

- 스테판 에셀 《분노하라》 중에서

자격지심은 '또 다른 세상을 창조하기 위한 씨앗'이 된다. 세상의 무례를 허락해서는 안 된다. 세상이 함부로 나를 다루지 못하도록 해야 한다. 세상과 맞서는 것이 비록 힘에 부칠지라도 순순히 순종하지 말아야 한다.

나 자신을 순한 추종자가 아닌 버릇없는 반항아로 한번 만들어보자.

038

사유의 미세먼지

하늘이 온통 미세먼지로 가득하여 앞이 제대로 보이지 않을 지경이다. 요즘은 계절을 가리지 않고 미세먼지가 극성이다.

작은 먼지가 세상을 흐리듯, 지금 우리가 살아가는 이 시대를 흐리는 것들은 언제, 어디에서 온 것일까?

미세먼지는 마스크로 막을 수 있다지만, 우리의 생각과 신념, 가치 그리고 욕망마저 흐리게 만드는 사유의 미세먼지는 도대체 무엇으로 막을 수 있을까?

각자의 아집과 독선, 조급함 속에 모두가 자신을 참眞이라 외치며, 거짓似을 트집 잡는 지금의 혼탁함과 뻔뻔함은 미세먼지에 가려진 하늘과 하나도 다르지 않다.

미세먼지가 눈과 목을 자극하듯 세상을 덮고 있는 날카로운 사유의 미세먼지가 나의 이성을 자극한다.

오늘도 긴 호흡으로 사유의 미세먼지를 뱉어낸다.

039

조금 긴 하루

더 나은 세상을 위해

오늘도 꿈꾸는 사람들이 있어

삶은 여전히 희망이다.

하루살이도 내일을 꿈꿀 수 있을까?

하루와 내일은 공존할 수 없는 시간 개념이지만 하루살이가 내일을 꿈꾸고 있다면 그 이유는 '자신이 하루밖에 살지 못한다는 사실'을 알지 못하기 때문일 것이다.

한 마리의 하루살이가 내일을 꿈꾸고 또 한 마리의 하루살이가 태어난다. 비록 자신은 하루만 살다 죽지만 '존재의 영원성'을 본능으로 이어가는 것이 하루살이의 꿈일 것이다. 하루살이가 꿈꾸지 않았다면 하루살이는 세상에 존재하지 못했을 것이다.

잠시 후 죽는다는 사실을 모른 채, 내일을 생각하며 하루를 살아가는 모양이 마치 영원히 살 것처럼 떠들어대는 사람들의 모습과 크게 다르지 않다.

사람에게 평생이란 시간은 하루보다는 길지만 그 또한 '조금 긴 하루'에 지나지 않는다. 조금 긴 하루를 위해 오늘도 꿈꾸는 사람들이 있다. 그들의 꿈이 있기에 세상은 영원히 존재할 수 있다.

하지만 세상은 이처럼 내일을 꿈꾸는 사람들을 이해하려 하지 않는다. 아니 그런 사람들을 경계하고 멀리한다. 세상은 보이지 않는 내일보다는 이미 익숙한 과거의 기준에 함몰되어 꿈을 잃은 지 오래인 듯하다. 내일을 꿈꾸는 사람들은 아무도 알아주지 않는 그 꿈을 위해 오늘도 힘겹게 조금 긴 하루를 살아간다.

돌이켜보니 나도 하루살이처럼 살았던 것 같다. 조금 긴 하루를 살아가면서 작은 희망이라도 이루고 싶은 어리석은 마음에 내일을 꿈꾸며 살았다. 비록 나의 꿈이 세상을 바꾸지는 못하겠지만, 마지막까지 내일에 대한 꿈을 간직하며 살아가는 하루살이로 남고 싶다.

040

비겁 & 용기

자신만의 고유한 색깔을 감추는 것이 '비겁卑怯'이고,

자신의 색깔을 그대로 드러내는 것이 '용기勇氣'이다.

세상의 획일성에 굴복하여

자신의 고유성을 포기하는 것이 '비겁'이고,

세상의 획일성에 저항하여

자신의 고유성을 존중하는 것이 '용기'이다.

어제의 상처로

오늘의 행복을 병들게 하는 것이 '비겁'이고,

오늘의 행복으로

어제의 상처를 치유하는 것이 '용기'이다.

하지만 비겁과 용기!

이 두 마음의 공통점은

모두 '나에게서 시작된다는 것'이다.

비겁한 것도, 용기 있는 것도 나의 선택이다.

041

인투사이더 intosider

인투사이더는

새로운 세상을 꿈꾸며,

세상의 중심을 '도모'하는 자이다.

젊은이들이 사용하는 줄임말 신조어 중에 '인싸', '아싸'라는 말이 있다. 사회적, 경제적, 법률적으로 일정한 테두리가 설정되어 있는 경우에 그 테두리 밖에 있는 자를 아싸(아웃사이더 outsider)라고 하며, 테두리 안에 있는 자를 인싸(인사이더 insider)라고 한다.

그러나 테두리 안과 밖, 어디도 아닌 그 사이에 존재하는 사람들이 있다. 이런 사람을 부르는 말은 없지만 굳이 명명한다면 '인투사이더 intosider'라고 할 수 있다.

인투사이더는 이런 사람들이다.

'세상의 중심을 도모하는 자'

'예민하여 남들이 보지 못하는 것을 보는 자'

'분석적이고, 논리적이어서 대중을 흡입할 수 있는 자'

하지만 '누구보다 자기 자신을 신뢰하는 자'

인투사이더들은 보통 사람과는 다른 '예민함'을 지니고 있다. 그래서 인투사이더들은 의심이 많다. 의심의 사전적 의미는 '믿지 못하여 이상하게 여기는 생각이나 마음'을 말하지만, 인투사이더들의 의심은 '확실한 해답을 얻기 위해 깊이 탐구하는 마음'을 의미한다. 의심은 질문의 뿌리가 되고, 질문은 변화의 씨앗이 된다.

세상을 향해 질문을 던지지 않고, 답을 가장 빨리 찾은 사람들이 인사이더이며, 답을 찾는 것이 남보다 뒤처진 사람들이 아웃사이더다.

인사이더들은 '가진 것'을 지키는 데 몰입하고, 아웃사이더들은 '가질 것'을 동경하는 데 머무른다. 하지만 인투사이더들은 지금 세상에서 가진 것도, 가질 것도 중요시하지 않는다. 새로운 세상을 꿈꾸기 때문이다.

인투사이더들은 지금의 세상을 부정하고 끊임없이 질문을 던지며 새로운 세상을 도모한다. 그 도모는 실패하기도 하고, 성공하기도 하지만 실패든, 성공이든 멈추지 않는다.

'나는 인사이더인가, 아웃사이더인가?
아니면 인투사이더인가?'

042

중심 center of gravity

중심重心은 그것이 무너지면 전체가 무너지는 힘의 축이자 근간이다. 중심은 어느 한쪽에 치우치지 않는다. 그 어떤 이념이나 가치로부터 구속되지 않고 자유롭다.

저마다 다른 신념이 난무하는 시대에 '중심'이 되기는 그리 쉬운 일이 아니다. 모두가 세상의 중심이 되기 위해 날카롭게 대립한다. 자신의 신념을 부정하는 그 어떤 사람도 용납하지 않는다. 자신의 신념 속으로 모두를 몰아넣으려 한다.

세상은 특정한 이념이나 가치, 신념이 중심인 듯 외쳐대지만 절대 그렇게 되지 않는다. 아니 그렇게 되어서는 안 된다. 그런 것들은 언젠가 변하기 때문이다. 중심은 영원히 그 가치가 변하지 않는 것이 되어야 한다.

'사람이 중심이 되는 삶만이 영원히 변하지 않는다.'

043

새로움은 설렘이다.

어제에 관한 이야기는 풍성하지만, 내일에 관한 이야기는 단 한마디도 끄집어내지 못하는 사람들을 볼 때면 거부감보다는 두려움을 느낀다. 내 자신이 그 두려움의 실체가 되지 않기 위해 매일 새로움을 찾아 방황하는 것이 습관이 되었다. 때로는 내가 어디로 가는지 목적지를 놓칠 때도 있다.

새로움이 지금보다 더 나은 것이 아니라, 그저 새롭다는 유혹에 빠져서 지켜야 했던 것을 잃어버린 것임을 알았을 때는 너무 힘들다. 그때마다 새로움이 또 다른 진부함의 하나에 불과한 것은 아닌지 두려워지기도 한다.

새로움에는 '설렘'이 있어야 한다. 설렘이 없는 새로움은 억지일 뿐이다. 그러나 어떤 새로움도 기존 질서 속에 동화시키고 마는 세상의 놀라운 '보수성' 앞에서 초라한 나 자신을 느낄 뿐이다.

언제부턴가 내일이라는 말에서 설렘이 빠져버렸다.

044

더듬이가 달린 사람들

세상 사람들이 자신의 행복만을 생각할 때

더듬이가 달린 사람들은

모두의 행복을 생각한다.

이것이 더듬이가 달린 사람에게 희망을 갖는 이유다.

지구상에 존재하는 식물과 동물 중에서 개체수가 가장 많은 생물은 곤충이다. 세상에는 약 100만 종이 넘는 곤충이 있다고 한다. 곤충같이 작고 약한 생명체가 가장 많은 개체수를 유지할 수 있는 것은 바로 '더듬이'라는 특별한 기관이 있기 때문이다.

곤충의 더듬이는 포식자가 접근하는 소리와 진동, 냄새까지 알아차린다. 포식자의 공격을 본능적으로 감지할 수 있는 더듬이는 가장 약한 곤충을 지구상에서 가장 개체수가 많은 생물로 만들어준 생존의 수단이다.

사람 중에도 더듬이가 달린 사람들이 있다. 곤충이 더듬이를 이용해 포식자를 감지하듯, 더듬이가 달린 사람들은 '시대의 흐름'을 예민하게 감지한다. 예민하지 못한 사람은 절대 시대의 흐름을 새로운 관점에서 감지하지 못한다.

돈, 권력, 지식 등을 가진 사람들이 세상을 주도한다고 착각하는 사람들이 많다. 하지만 세상은 돈, 권력, 지식과는 거리가 먼 사람들에 의해 변화된다. 그들이 바로 더듬이가 달린 사람들이다.

독일의 심리학자 롤프 젤린은 《예민함이라는 무기》라는 책에서 예민함에 대해 이렇게 정의한다.

> 예민하다는 것은 일단 보통 사람들보다
>
> 자극을 더 많이, 더 강하게 받아들인다는 의미이다.
>
> 예민한 사람은 대부분 더 인간다운 세상을 만들고 싶어 하며, 이를 위해 기꺼이 자신을 헌신할 준비가 되어 있다.

하지만 예민한 사람들 중에는

타인의 필요가 너무 피부에 와닿다 보니,

자신의 필요를 간과해버리고,

스스로를 돌보지 못함으로써

늘 손해만 보고 불만족스럽게 사는 사람들도 있다.

장 지오노의 《나무를 심은 사람》이란 소설 속 주인공처럼 아무런 보상도 바라지 않고, 숭고한 열정으로 나무를 심는 것처럼 보이지 않는 곳에서 묵묵히 행동하는 사람들이 세상을 변화시키는 진정한 주체인 것이다.

한 사람이 참으로 보기 드문 인격을 갖고 있는가를

알기 위해서는 여러 해 동안 그의 행동을 관찰할 수 있는 행운을 가져야만 한다.

그 사람의 행동이 온갖 이기주의에서 벗어나 있고,

그 행동을 이끌어 나가는 생각이 더 없이 고결하며,

어떤 보상도 바라지 않고, 그런대로 이 세상에 뚜렷한

흔적을 남겼다면 우리는 틀림없이 잊을 수 없는

한 인격을 만났다고 할 수 있다.

- 장 지오노 《나무를 심은 사람》 중에서

많은 것을 가진 사람이 세상을 변화시키지 못하는 이유는 지금 자신이 가진 것을 지키는 데 전전할 뿐, 나무를 심는 사람처럼 세상과 사람에 대한 간절함을 갖고 있지 않기 때문이다.

세상 사람들이 자신의 행복만을 생각할 때, 더듬이가 달린 사람은 모두의 행복을 생각한다. 이것이 더듬이가 달린 사람에게 희망을 갖는 이유다. 지금 우리가 누리는 행복은 어떤 더듬이가 달린 사람의 흔적이라는 것을 알기 때문에 나 또한 그런 사람이 되고 싶은 꿈을 꾸었다.

하지만 어느 순간부터 나의 더듬이가 예민함을 점점 잃어가는 것을 느낀다. 모두의 행복이 아닌 나 하나의 행복을 위해 세상 사람들 틈에서 머뭇머뭇 살아가고 있다.

045

프로 & 아마추어 I

아마추어는

'우리'로 '나'를 지향하지만,

프로는

'나'로 '우리'를 지향한다.

'우리'의 사전적 의미는 '어떤 대상이 자기와 친밀한 관계임을 나타낼 때 쓰는 말'이다. '우리'라는 친밀감에 기인한 공동체는 '집단적 사고와 행동'을 통해 결속력을 강화한다.

현실의 어려움을 극복하고자 하는 동기에서 작동되는 것이 우리라는 공동체적 사고다. 척박한 환경에서 생존하기 위해서는 집단적 친밀감이 필요하고, 그 필요가 '나'가 아닌 '우리'라는

DNA를 만들어내는 것이다.

반면 '나'라는 개별성에 기인한 공동체는 현실을 극복하는 동기로 '개인의 창의적 사고와 행동'을 기반으로 한다. 사고와 행동의 주체가 '우리'라는 공동체가 아닌 '나'라는 개별체가 되는 것이다. 개별체로서의 나는 공동체로서의 나보다 훨씬 능동적이고 도전적이다.

간혹 운동선수들의 인터뷰에서 프로 선수는 '나의 팀'이라고 표현하지만, 아마추어 선수는 '우리 팀'이라고 표현하는 것을 들을 수 있다. 프로 선수나 아마추어 선수 모두 겉으로는 우리라는 공동체 속에서 존재하지만, 그 내면에서 지향하는 가치는 사뭇 다르다.

프로는 '나로서 우리를 지향'하지만, 아마추어는 '우리로서 나를 지향'한다. 결국 공동체적 가치를 구현하는 힘은 아마추어보다는 프로가 훨씬 강하다. 프로가 아마추어와 달리 나로서 우리를 지향할 수 있는 이유는 바로 '자유로움' 때문이다. 사람은 이 자유로움에 근거할 때 가장 역동적인 에너지를 발산할 수 있다.

대한민국에는 프로보다 아마추어가 많은 것 같다. '우리나라'

는 있어도 '나의 나라'는 없다. '우리 회사'는 있어도 '나의 회사'는 없다. '우리 생각'은 있어도 '나의 생각'은 없다.

이제 우리라는 울타리에서 벗어나 개인으로 당당히 삶을 마주하는 '나의 대한민국'을 꿈꿔본다.

046

프로 & 아마추어 Ⅱ

프로는 멈추는 것을 알지만

아마추어는 멈추는 것을 모른다.

'나'라고 말할 때 비난하는 '우리' 앞에서

두려워하지 말고 당당히 갈 수 있는

용기가 필요하다.

이탈리아의 유벤투스라는 유명한 프로 축구팀이 우리나라 대표팀과 친선경기 차 방문한 적이 있었다. 그 팀에는 세계적으로 유명한 호날두라는 선수가 있어서 많은 한국 팬들은 그 선수가 뛰는 모습을 보기 위해 비싼 입장료를 마다하지 않고 경기장을 찾았다.

그런데 기대와는 달리 호날두 선수는 당일 경기에 출전하지 않았다. 컨디션이 좋지 않다는 것이 이유였다. 언론에서는 난리가 났다. 한국을 무시한 행동이라며 대대적인 비난 보도를 냈고, 국민적인 반감도 커졌다. 외국에서는 우리의 이런 모습이 이해가 되지 않는다는 반응이었지만 팬들은 입장료 환불 소송까지 불사했다.

나도 좀 화가 나기는 했지만, 언론의 반응이 좀 과하다는 생각을 했다. 특히 축구는 한 명의 선수가 하는 운동이 아닌데 호날두라는 선수 한 명이 뛰지 않았다고 해서 경기 자체를 부정한다면 열심히 경기에 임한 나머지 선수들은 도대체 뭐란 말인가. 내가 그 선수들 중 한 명이었다면 무척 기분이 상했을 것 같다.

한국의 스포츠는 조금 유능한 선수가 등장하면, 그 재능을 단시간에 소진시킨다. 멈춤을 허용하지 않는다. 아니 멈추는 것을 불명예로 여긴다. 그래서 선수는 아파도 그만두지 못한다. 머리에 붕대를 감고서라도 뛰어야 한다. 어깨뼈가 부서져도 던져야 한다. 의식을 잃더라도 싸워야 한다.

한국의 스포츠 선수들이 세계적인 스타가 되지 못하고, 중도에 도태되는 이유는 보이지 않는 것은 인정받지 못하는 문화 때문이 아닌가 하는 생각이 들었다. 아마추어에게 내일은 없다.

오직 오늘만 있을 뿐이다.

프로는 '멈춤'을 주저하지 말아야 한다. 멈춰야 다시 시작할 수 있고, 더 멀리 오래갈 수 있다는 것을 알아야 한다. 멈춤이 무모함보다 강하다는 것을 믿어야 한다.

대한민국 사회는 설국열차처럼 멈춤이 없다. 무모할 만큼 몰아간다. 멈춤을 두려워하는 세상이 되고 말았다. 기성세대들은 '나 때는'을 외치며, 젊은이들을 개인이 아닌 우리라는 공동체 속에 가두려 한다.

불야성을 이루고 있는 어느 회사의 빌딩을 성장과 도전의 상징인 것처럼 여기며, 그 불야성에 합류하는 것이 젊은이들의 유일한 꿈이 되어버렸다.

모두를 아마추어로 만드는 세상에 맞서 진정한 프로처럼 멈출 수 있는 용기가 필요하다. '나'라고 말할 때 비난하는 '우리' 앞에서 두려워하지 말고 당당히 자신의 길을 갈 수 있는 용기가 필요하다.

아플 때 아프다고 말하고, 힘들 때 잠시 멈출 수 있는 세상에서 우리가 아닌 나로 살아가는 것은 잘못된 것이 아니다. 세상은 수많은 아마추어보다 한 명의 프로를 더 두려워한다.

047

세상을 설계하다 I

아집과 교만이 힘을 가지면

'정의'로 변한다.

아집과 교만이 세운 정의가 아니라

더불어 함께 세운 정의만이 삶의 희망이 될 수 있다.

신영복 교수님의 《변방을 찾아서》라는 책을 다시 꺼내 들었다. 누군가는 변방이 되고, 누군가는 중심이 되는 작금의 세상은 끝이 보이지 않는 과거의 상처들로 또 다른 내일의 상처를 만드는 형국이다.

세상의 누군가는 이렇게 말한다. "나는 정의롭다."

나만의 정의, 내가 확신한 정의가 절대적이지 않다는 것을 아는 데는 그리 오랜 시간이 걸리지 않는다. 나에게 주어진 시간, 즉 권력의 시계가 멈추면 바로 알게 된다.

과거의 흔적 앞에서 스스로를 주체하지 못하는 사람들. 오늘의 올바름을 스스로 정의하고, 누군가를 단죄하려는 사람들. 과거에 함몰되어 내일을 돌아보지 못하는 사람들. 하나의 정의를 세우기 위해 또 다른 부정에 눈을 감는 사람들.

베르나르 베르베르가 《아버지들의 아버지》라는 책에서 한 말이 기억난다.

> 외부의 공포를 잊는 방법은
>
> 내부의 공포를 더 크게 하는 것이다.

아집과 교만이 힘을 가지면 '정의'로 변한다. 누군가의 아집과 교만으로 세상의 정의가 세워지고, 또 다른 누군가의 아집과 교만이 그 정의를 허물고 또 다른 정의를 세운다. 하지만 그 정의 또한 그리 멀지 않아 누군가의 아집과 교만으로 무너질 것이라는 사실이 이제는 지루하게 느껴진다. 언제까지 우리는 '정의'의 자리바꿈으로 격렬히 갈등하는 세상을 보아야 하는 것일까.

언제쯤이면 모두가 기대하는 더불어 함께 사는 세상의 정의가 이뤄지는 것을 볼 수 있을까. 얼마나 많은 희생을 치러야 그 세상을 볼 수 있는 것일까. 얼마나 많은 것을 더 잃어야 함께 손을 잡을 수 있을까.

아집과 교만이 세운 정의가 아니라 더불어 함께 세운 정의가 디딤돌이 되는 세상을 기대한다면 너무나 무모한 꿈을 꾸는 것일까.

048

세상을 설계하다 Ⅱ

누군가는 어떤 목적을 위해

세상을 설계한다.

하지만 그 누구도 사람은 설계할 수 없다.

조작操作을 통해 사실을 왜곡하거나 축소, 과장, 은폐하는 것을 '설계設計'라고 한다. 설계는 철저히 기획되기 때문에 당하는 입장에서는 내가 조작된 상황에 빠져 있다는 사실을 전혀 알아차릴 수 없다.

설계를 주도하는 자들은 목적을 달성하기 위해서는 어떤 조작도 정당화하는 것을 두려워하지 않는다. 심지어 죽음까지도 정당화시킨다.

불의의 헬기 사고로 5명의 장병이 아까운 목숨을 잃었다. 이와 비슷한 시간에 한 정치인이 자살로 세상을 떠났다. 가족들이 느끼는 아픔과 슬픔은 양쪽 모두 같을 것이다. 하지만 세상은 어느 쪽의 슬픔에 더 주목할까?

시험 비행 중 장비 고장으로 5명의 장병이 사망한다. 세상은 사망한 장병들이 누구인지, 어떤 사람들이었는지에는 아무도 관심을 두지 않는다. 오직 사고 헬기의 문제로만 우리의 눈과 귀를 집중시킨다.

헬기 결함, 사건 은폐, 사건과 연루된 사람들 등 모든 관심은 사람이 아닌 사건에만 집중된다. 순직한 장병과 그들의 부모, 아내, 자녀의 아픔과 슬픔은 어디에서도 찾아볼 수 없다.

한 정치인이 불법 정치자금 수수에 관련되어 검찰 조사를 받던 중 돌연 아파트에서 투신하여 자살한다. 세상은 이 정치인의 인생을 조명하며, 모두가 애도의 마음을 갖도록 만든다.

왜 자살했는지 이유는 묻지 않는다. 그 이유를 묻는 사람들에게는 죽음 앞에서 숙연하지 못한 파렴치한 사람으로 몰아간다. 누구도 자살의 이유를 따지려 들지 않는다. 모든 관심은 사건이 아닌 사람에게 집중된다.

죽음조차도 목적에 의해 설계되는 세상의 비정함 앞에 두려움을 느낀다. 무엇을 아파해야 하고, 무엇을 기억해야 하는지조차 철저히 설계되는 세상이다. 누군가는 어떤 목적을 위해 사건 속에 사람을 감추기도 하고, 사람 속에 사건을 감추기도 한다.

어떤 사람은 사건 속에 가려져야 하고, 어떤 사람은 사건을 가려도 되는 것인가. 정말 아프고 슬픈 것은 '사건'이 아니라 '사람'이다. 왜 세상을 설계하려 하는가. 무엇을 위해서 그렇게 해야만 하는 것인가.

지금 그 가족들은 어떻게 지내고 있을까. 우리의 기억 속에서 사라져간 사람들. 한 사건에 가려진 사랑하는 동료와 그 가족의 슬픔을 생각하면서 왠지 모를 부끄러운 마음에 애써 모른 척 외면해본다.

049

然 & 爲

Ⅰ

然은 '원래 그런 것'이고, 爲는 '이유 있어 그런 것'이다.

연은 '진실'이고, 위는 '사실'이다.

연은 '침묵'이고, 위는 '외침'이다.

Ⅱ

然은 '어머니'이고, 爲는 '아버지'이다.

연은 '물水'이고, 위는 '불火'이다.

연은 '계곡'이고, 위는 '능선'이다.

Ⅲ

然은 '창조'이고, 爲는 '모방'이다.

연은 '독립'이고, 위는 '종속'이다.

연은 '질문'이고, 위는 '답'이다.

050

한 번도 해본 적이 없는 것들

'도도하라'고 말하지만

한 번도 세상 앞에 도도해본 적이 없다.

'진실하라'고 말하지만

한 번도 진실하게 세상을 바라본 적이 없다.

'용서하라'고 말하지만

한 번도 상처 준 사람을 안아준 적이 없다.

'사랑하라'고 말하지만

한 번도 나와 세상을 사랑해본 적이 없다.

오늘도 한 번도 해본 적 없는 것들이

나의 삶을 지배한다.

삶이 가슴에 있지 않고 머리에 머무는 이유다.

051

무거운 존재 & 가벼운 생각

시대의 무거움을 애써 외면하고 모른 척하는

생각의 가벼움에

참을 수 없는 동정심을 느낀다.

세상의 환호를 자신을 향한 열광으로 착각하는 사람들.

어제와 오늘이 달라도 부끄러움을 모르는 사람들.

목적 앞에서는 사람도 수단으로 전락시키는 사람들.

미소 뒤에 무서운 칼날을 숨기고 있는 사람들.

세상은 깃발과 구호 속에 서로 뒤섞여 사람들을 현혹하고 혼란스럽게 한다. 그들의 눈에는 살기가 가득하다. 이해, 용서, 포용. 이런 말들은 이런 존재 앞에서는 한낱 수단일 뿐이다.

하지만 정말 나를 화나게 하는 것은 그런 무거운 존재가 아니라 그들 앞에서 영혼 없는 긍정을 쏟아내는 나의 모습이다. 그 모습에서 루쉰의 '아Q'와 같은 비굴함, 뻔뻔함 그리고 가벼움을 보는 것 같다.

밀란 쿤데라는《참을 수 없는 존재의 가벼움》에서 이렇게 질문한다.

> 공산주의라는 무거운 이념 앞에서 존재하는 존재들의
> 가벼움 중 최고의 가벼움은 어떤 것인가?

나에게 질문해본다.

> 지금 각자가 외치는 '정의'라는 무거운 존재 앞에서
> 최고의 가벼움은 어떤 것일까?

시대의 무거움을 자처하는 사람들의 시선을 애써 외면하고 모른 척하는 내 생각의 가벼움에 참을 수 없는 절망과 분노를 느낀다. 아니 동정심을 느낀다.

052

언제까지 운명이라 말할 것인가

문화가 없는 나라는 문화를 창조한 나라를 섬길 수밖에 없다. 이것이 문화를 창조하지 못한 나라의 운명이다.

이념이 없는 나라는 이념을 만든 나라를 믿을 수밖에 없다. 이것이 이념을 만들지 못한 나라의 운명이다.

기술이 없는 나라는 기술을 생산하는 나라를 따를 수밖에 없다. 이것이 기술을 생산하지 못하는 나라의 운명이다.

문화에 머리 숙였던 지난 500년, 이념에 머리 숙였던 지난 80년. 기술에 머리 숙였던 지난 30년.

이제 우리만의 문화, 우리만의 이념, 우리만의 기술을 가졌음에도 무엇에 머리 숙이고 있단 말인가.

이제 우리도 세상 앞에 당당히 머리 들고 살아가는 시대를 세울 때가 되지 않았나. 누가 누구를 비난한단 말인가. 누가 누구에게 손가락질한단 말인가. 언제까지 넘을 수 없는 선을 그어 놓고 서로 손가락질할 것인가.

'언제까지 우리의 삶을 운명이라 받아들여야 하는가.'

053

관행

관행慣行. 오래전부터 해오던 대로 하는 것.

오늘도 그 관행들과 힘겨운 전투를 치르고 있다. 아무도 관행과의 충돌을 원치 않는다. 관행이니까.

관행은 가진 자들이 자신의 것을 지키기 위한 명분일 뿐이다. 가진 것이 없는 사람들, 자신의 것을 지킬 수 없는 사람들은 관행의 희생양이 될 뿐이다.

오늘도 탐욕스럽게 관행의 덫을 놓는 사람들을 보면서 분노한다. 그 관행의 덫에 걸려 좌절하는 사람들을 보면서 또 분노한다.

언제 '평등'이 세상의 관행이 될 수 있을까.

언제 '자유'가 세상의 관행이 될 수 있을까.

언제 '사람'이 세상의 관행이 될 수 있을까.

사람 위에 군림하는 관행들을 보면서 서서히 지쳐가는 나를 본다. 삶에 대한 기대도 조금씩 사라져간다.

054

가장 무서운 권력

세상에서 가장 무서운 권력은

돈도, 언론도, 정치도, 지식도 아니다.

국민은 더더욱 아니다.

가장 무서운 권력은 '책임 없는 권력'이다.

책임 없는 돈,

책임 없는 언론,

책임 없는 정치.

그리고 책임 없는 '나.'

055

흙 묻은 발

부정한 세상에서 옳음은 가장 부정한 것이고,

의심의 세상에서 인정은 가장 의심스러운 것이다.

흙 묻은 발로 돌아다니면 다닐수록 주변이 더 더러워지는 법이다. 흙 묻은 발이 난무하는 세상에서 누가 나를 배려하고, 위로한다면 그 말을 믿을 수 있겠는가? 부정과 의심이 지배하는 세상에서는 부정과 의심을 정의로 믿으며 살아야 한다. 그래야 살 수 있으니까.

'사람이 사람을 믿지 않는 세상.'

머리 숙여 내 발을 내려다본다. 흙이 많이도 묻어 있다. 뒤를 돌아보니 흙 묻은 발자국이 선명하다. 참 오래도록 이 흙 묻은 발로 세상을 더럽혀왔다. 이제 그만 그 신발을 벗을 법도 한데 여전히 앞으로 가려고 하니 어쩐단 말인가.

누군가 흙 묻은 내 신발을 벗겨줬으면 좋겠다.

056

용서는 평생 진행형

마음에 뿌리내린 상처는

평생을 용서해도 지워지지 않을 수 있다.

그래서 용서는 완료형이 아닌, 평생 진행형이다.

가끔 아내와 이야기를 나누다 보면 당황스러울 때가 있다. 나는 까맣게 잊어버려 기억조차 없는 일인데 아내는 마치 지금 그 현장에 있는 듯 과거를 기억하며 그때의 상처를 떠올린다. 그럴 때마다 미안하기도 하지만 용서받는 것이 얼마나 힘든 것인지 알게 된다.

한때 상급자로 모시던 분이 있었다. 그때 받은 상처는 지금도 떠올리기만 하면 심장이 뛸 정도다.

그분을 5년 뒤 다시 만났다. 내가 진급해서 그분이 근무하고 있는 부서의 부장으로 보직되었는데, 이미 전역한 그분이 예비역 신분으로 내가 보직된 부서에서 근무하고 계셨던 것이다.

5년 동안 마음으로는 수십 번 용서했다고 생각했지만 그분을 다시 본 순간 지난 상처가 되살아났다. 그 상처가 여전히 나를 힘들게 하고 있다는 것을 느끼면서 그분을 용서하지 못한 내 마음을 알게 되었다. 이후에도 결국 그분을 용서하지 못하고 헤어지고 말았다. 용서하는 것이 얼마나 힘든 일인지 그때 알았다.

용서容恕. 용容은 얼굴, 몸가짐 등 외면의 모양을 말하고, 서恕는 남의 처지에서 생각하는 내면의 감정을 말한다. 따라서 용서는 내면의 감정을 외면적으로 표현하는 것이다. 마음이나 생각만으로는 용서할 수 없다. 용서는 행동으로 하는 것이다. 용서하는 마음은 쉽게 가질 수 있지만 그 마음을 행동으로 옮기는 것은 그렇게 쉬운 일이 아니다.

또한 용서는 한 번의 행동으로 끝나지 않는다. 마음 깊숙이 뿌리내린 상처는 어쩌면 평생을 용서해도 지워지지 않는 경우가 많다. 그만큼 어려운 것이 용서다.

그래서 용서는 평생 진행형이다. 용서는 절대 완료형이 없다. 잊힌 듯했지만 여전히 마음에 남아 있던 상처가 수시로 얼굴을 내밀어 아픔에 빠지게 한다. 아마 그 사람이 죽을 때 남긴 용서만이 마지막 용서이자, 진정한 용서가 아닐까 생각해본다.

내 마음속에서 아직도 용서하지 못하고 있는 사람들을 진심으로 용서하고 싶다. 그리고 누군가의 마음속에서 아직도 용서받지 못하고 있는 나도 그들에게 진정으로 용서받고 싶다.

057

성공의 역설

사람들이 머무는 곳.

사람들이 더불어 사는 곳.

사람들의 이야기가 있는 곳.

그런 사람과 함께 있는 것이 '진정한 성공'이다.

물체는 무게중심이 낮을수록 더 안정적인 상태가 된다. '안정安定'이라는 것은 외부의 힘이 가해졌을 때도 '원래의 상태'를 유지하는 것을 의미한다. 무게중심이 높으면 외부의 힘이 가해졌을 때 원래 상태를 유지하기가 어렵기 때문이다.

하지만 세상은 무게중심이 높을수록 더 안정감을 느끼게 한다. 무게중심이 높다는 것은 사람들과 차이가 커지는 것을 의미한다. 남과 차이가 커질수록 더 많은 특권을 누릴 수 있기 때문이다. 연봉의 차이, 신분의 차이. 명예의 차이. 세상은 이런 것들이 보다 안정된 삶을 살아갈 수 있는 조건이라 말한다.

경제적 풍요가 주는 여유.

사회적 신분이 주는 우월감.

사회적 역할이 주는 명예.

이런 세상의 성공이 더 안정된 삶을 보장한다는 의견에는 동의하고 싶지 않다. 경제력, 신분, 명예 이런 것들은 상대적인 것이다. 다른 사람과 비교를 통해 얻어지는 심리적 안정일 뿐이다.

과연 어떤 것이 사람으로 하여금 가장 안정감을 느끼게 할까. 사람은 사람 속에 있을 때 가장 안정감을 느끼지 않을까 생각한다.

사람들이 머무르는 곳. 사람들이 더불어 사는 곳. 사람들의 이야기가 있는 곳. 그곳이 가장 안정된 곳이다. 그런 곳에 머무는 사람들은 쉽게 흩어지지 않는다. 그 사람들은 돈이나 신분, 명예보다는 곁에 있는 사람들을 더 믿는다.

높은 곳, 넉넉한 곳, 강한 사람들이 머무는 곳은 불안과 의심, 두려움 그리고 외로움이 더 많이 존재한다. 그런 곳에서는 사람이 보이지 않는다. 마음을 주고 더불어 이야기 나눌 사람이 보이지 않는다.

진정한 성공은 올라가는 것이 아니라 사람들이 있는 곳으로 내려가는 것이다. 다시 사람들이 있는 곳으로 내려가고 싶다. 사람들과 어울리고 싶다. 사람들과 이야기하고 싶다.

'그 사람들이 나를 받아줄지는 모르지만.'

058

완전하다는 것

'완전하다는 것.'

세상 사람들은 이것을 다른 말로 '불가능'이라 말하기도 한다. 하지만 세상에는 그런 불가능을 추구하는 사람들이 있다.

'가능'하다는 것은

나 아닌 다른 사람도 할 수 있다는 것.

이것이 불가능을 추구하는 사람들이 존재하는 이유다.

059

호기심을 잃은 사람

호기심은

상대방의 반응reaction을 먹고 자란다.

호기심好奇心은 새롭고 신기한 것을 좋아하거나, 모르는 것을 알고 싶어 하는 마음이다. 사람은 세상에 태어나면서부터 보이고, 들리고, 만질 수 있는 모든 것을 궁금해한다. 이런 궁금증이 성장의 시작이다.

부모는 아이가 눈을 돌리거나, 손가락을 꼬물거리거나, 발을 차거나 하는 등의 아주 작은 행동에도 예민하게 반응한다. 아이는 부모의 예민한 반응을 보면서 더욱 호기심이 커진다.

아이가 호기심이 커지는 것은 부모의 긍정적인 반응reaction 덕분이다. 아이는 부모의 긍정적인 반응을 보며 안도한다.

'이 사람이 나의 행동을 좋아하는구나!'

아이는 더욱 강한 호기심을 보이고, 그런 아이의 호기심에 부모는 더욱 강한 반응을 보이는 일련의 과정을 거치며 부모와 아이 사이에는 완전한 신뢰가 형성된다.

하지만 어느 순간 아이의 호기심에 대한 부모의 반응이 약해지기 시작한다. 오히려 아이는 호기심보다는 부모가 가르친 것에 익숙한 반응을 보이면 좋아한다는 것을 알게 된다.

'더 이상 호기심을 보여서는 안 되는구나!
저 사람이 가르쳐준 것을 그대로 따라 하면
더 좋아하는구나.'

'호기심'을 통해 형성되었던 신뢰 관계는 이제 '따라 함'을 통한 인정 관계로 바뀐다.

그때부터 아이들은 호기심을 접고, 따라 하기 시작한다. 아이는 부모의 긍정적인 반응을 확인하면서 내가 궁금한 것을 숨기고, 상대방의 요구에 반응하는 데 익숙해져간다.

호기심을 잃은 아이들은 성장해서도 세상을 향해 질문하지 않고, 기성의 것들을 그대로 받아들인다. 누가 더 빨리, 더 많이 정해진 답을 받아들이는지 경쟁하며 살아간다. 그 과정에서 질문은 부질없는 짓이 되고 만다. 어른이 되어서도 세상의 틀을 넘지 못하는 이유는 바로 이 때문이다.

'사람은 변해야 한다.' 사람의 내재된 본성이 아닌, 세상을 보는 관점이 변해야 한다. 변하지 않는 사람은 호기심을 잃은 사람이다. 아직까지 나의 호기심이 작동되는 것을 느끼는 것이 오늘을 버틸 수 있는 유일한 힘이다.

060

삶, 그 느낌의 옹이

1

자유의 반대는 '구속이 아니라 타성'이라는

쇠귀의 정의에 가슴이 뛴다.

2

남이 지어놓은 집에서 살려고 하지 마라.

그렇게 살면 그 사람의 노예가 된다.

3

'문제없다'고 말하는 사람을 보면 분노한다.

하지만 세상에서는 그렇게 말하는 사람들이 성공한다.

4

세상은 당신이 변하는 것을 원치 않는다.

지금처럼 생각 없는 당신에게 박수를 보낼 것이다.

5

단 하루만이라도 어제와 같지 않은 오늘로 살아라.

6

송충이는 솔잎을 먹어야 산다.

그런데 갈잎을 먹은 송충이가 산다. 신기하다.

7

실존하는 것은 '나'와 '너'뿐이다.

그런데 언제부터 '우리'가 나와 너를 구속한다.

8

'조급함'은 오늘을,

'간절함'은 내일을 생각한다.

9

사건이 아닌 사람을 봐라.

그것만이 삶의 희망을 보는 길이다.

10

사람의 마음을 보기 위해서는

그 사람의 시선이 머무는 곳을 보면 알 수 있다.

11

삶이란 내가 없어도

세상은 변함없이 흘러간다는 것을 알아가는 과정이다.

12

삶은 사람끼리 이런 이야기를 서로 나누는 것이다.

'슬픔, 아픔 그리고 외로움'.

13

사라지는 감동을 다시 찾는 유일한 처방은 '사람'이다.

14

'자유롭다는 것'은 스스로 결정하고

그 결정에 책임지는 것이다.

15

정의니 평등이니 하는 것들은

물과 같아서 움켜쥘수록 빠져나간다.

16

지혜는 '내가 틀리다는 것'을 아는 것이다.

하지만 지혜가 꼭 좋은 것만은 아니다.

17

작은 오솔길이 大路를 삼키고,

한 번 생긴 물길은 바뀌지 않는다.

18

사람이 교만에 빠지지 않도록 스승과 친구가 곁에 있는 것師友精神인데, 작금의 스승과 친구는 곁에서 사람을 교만하게 만든다.

19

얕은 개울의 물일지라도 큰 바다를 꿈꾸고 있다.

20

문명은 보다 영악해진 야만에 불과하다.

21

탐욕스런 혀, 거짓의 눈, 시기의 귀, 위선의 입,

이것이 내 모습이란 걸 너무 늦게 알았다.

22

사람은 신을 여기서 보고 싶어 하지만,

신은 사람을 저기서 보고 싶어 한다.

23

삶은 집요하게 당신을 방해할 것이다.

'행복'에 독을 발라 먹지 못하게 하고, '불행'에 꿀을 발라 냉큼 먹게 만든다.

24

내 손톱 밑에 가시를 꽂은 사람을 찾아서

그 사람의 가슴에 비수를 꽂는 것이 '정의'라고 하는 사람들이 있다.

25

내 묘비에는 이렇게 적혀 있었으면 좋겠다.

'단 하루도 익숙함에 머무는 것을 거부했던 사람.'

Ⅲ.

'나', 다시 사랑할 수 있다면

사람에 대한 '그리움'과 세상이 주는 막다름의 '답답함'에
혼돈스러워하는 '나' 앞에 진지하게 서본다.

봉준호 감독의 〈괴물〉이란 영화에서는
사람의 탐욕에 의해 태어나고,
사람의 분노에 의해 죽임을 당하는 괴물이 등장한다.
그 괴물은 태어나서 죽을 때까지
한 번도 자신의 의지대로 살아보지 못한 존재였다.

지금까지 한순간도 의지대로 살지 못한 '나'를 보면서
영화 속 괴물처럼 왠지 애처로운 마음이 든다.
하지만 괴물은 사람의 탐욕에 의해 만들어졌지만,
나는 내 스스로의 탐욕에 의해 괴물이 되었다.

나의 탐욕이 세상의 막다른 골목으로 몰아간 것이다.
그래서 더 혼란스럽다.
나의 소리가 유독 아프게 들려온다.

'나를 하늘에 쓴다.'

061

다시 한번 나를 사랑할 수 있다면

다시 한번 나를 사랑할 수 있다면

마음껏 웃어보리라.

다시 한번 나를 사랑할 수 있다면

다시는 울지 않으리라.

소리 내어 웃지 못했다.

늘 소리 없이 울었다.

단 한 번도 나를 사랑하지 못했기 때문에.

요즘 유일하게 나를 웃게 해주는 친구가 한 명 있다. 자주 만나지는 못하지만, 한번 만나면 헤어질 때까지 내 얼굴에서 미소가 가시지 않는다.

그 친구는 바로 손녀 가인이다. 손녀 재롱이 장난이 아니다. 손녀의 재롱 앞에서는 네 머릿속의 모든 부정과 편견, 독선이 사라진다. 어떤 것으로부터도 구속되지 않은 나를 볼 수 있다. 순수하고 다정한 나를 만날 수 있다. 넋을 놓고 웃고 있는 나를 보면, 손녀로부터 사랑받고 있다는 기분이 든다.

지금까지 나를 제대로 사랑하지 못했다. 마음껏 웃는 '나', 소리 내어 우는 '나'를 마주한 기억이 희미하다. 주변 사람들은 나를 차갑고 정이 없는 사람이라고 한다. 하지만 그들에게 이렇게 말하고 싶을 때가 있다.

'나도 웃고 싶다. 나도 울고 있다.'

말로 모건이란 여의사가 참사랑 부족이라 불리는 호주의 한 원주민과 호주 대륙을 3개월간 횡단하면서 겪은 삶의 본질에 대해 쓴 《무탄트 메시지》라는 책에 이런 말이 있다.

나는 먼저 나 자신을 용서해야만 했다.

자신을 비난하지 말고,

지나간 일들로부터 배워야만 했다.

내가 남을 받아들이고 남한테 진실해지고

남을 사랑할 수 있으려면, 먼저 나 자신을 받아들이고

나한테 진실해지고 나 자신을 사랑해야 한다.

말로 모건의 말처럼 남을 받아들이고 남한테 진실해지고 남을 사랑하기 위해서는 먼저 나 자신을 제대로 사랑할 수 있어야 한다. 잠시 모든 것을 내려놓고 이제는 세상에 가려진 내가 아닌 지금의 나를 사랑하고 싶다. 그래서 해맑은 손녀처럼 나를 웃게 하고 싶다. 숨어서가 아니라 소리 내어 울어보고 싶다.

'다시 한번 나를 사랑할 수 있다면.'

062

커피가 시를 쓰다

향긋한 커피 한 잔에

시 한 줄을 섞어본다.

커피처럼 시가 쓰다.

시처럼 커피가 쓰다.

그렇게

커피 한 잔이 시 한 줄을 만나

사람을 쓴다.

창가에 햇살이 따사롭게 드리운 휴일 아침이다. 오랜만에 여유롭게 창가에 앉아 커피 한 잔을 마신다. 커피 한 잔을 들고 내다본 창밖에는 어느덧 낙엽이 지고 있어 좀 쓸쓸한 느낌마저 든다.

햇살, 커피. 낙엽. 시. 오랜만에 포근하게 다가오는 여유다. 시와 커피는 공통점이 있다. 둘 다 '쓰다'는 것이다. 커피도 쓰고, 시도 쓰고. 그래서 어울리는 것 같다. 시와 커피가 서로 어울려 속삭이면 여유가 생긴다.

여유가 좋은 이유는 육체의 편안함보다 잊었던 나를 돌아보게 만들기 때문이다. 일상의 시간은 너무나 촘촘해서 나를 끼워 넣을 틈이 없다.

책장에서 오래전에 보았던 시집 한 권이 눈에 들어와 뽑아 들었다. 류시화의 《새는 날아가면서 뒤돌아보지 않는다》라는 시집이다.

다시는 묻지 말자.
내 마음을 지나 손짓하며 사라진 그것들을.
저 세월들을. 다시는 돌이킬 수 없는 것들을.

새는 날아가면서 뒤돌아보는 법이 없다.
고개를 꺾고 뒤돌아보는 새는 이미 죽은 새다.

- 류시화 《새는 날아가면서 뒤돌아보지 않는다》 중에서

다시 돌이킬 수 없는 것들을 붙잡고 얼마나 혼자 고민하며 살아왔었나. 뒤돌아보는 새는 이미 죽은 새라는 시인의 단언처럼 내 삶에서 뒤돌아보지 않고 살려는 힘겨운 몸부림을 느낀다. 다시는 뒤돌아보지 않겠다고 마음먹어보지만 또다시 뒤돌아보고 주저앉아 있는 나를 볼 때마다 위로나 동정보다 아픔이 먼저 다가오는 것은 살고자 하는 몸부림이라 변명해본다.

커피와 시만큼 쓴 세상이다.

작은 여유지만 커피와 시가 만나니 사람이 보인다. 그리고 그 사람의 삶이 보인다. 잠시나마 세상의 쓴맛을 벗어나 잡음이 멈춘 조용하고 편안한 여유가 내 곁에 있다는 사실에 위안을 얻는다.

063

행복, 소유가 아닌 느낌

'행복'은

멀리 있는 것을 상상하고, 유추하는 것이 아니라

지금 내 곁에 있는 것을

직접 만져보면서 느끼는 것이다.

소확행小確幸. 일상에서 느낄 수 있는 작지만 확실하게 실현 가능한 행복을 의미한다. 이처럼 행복은 '느끼는 것'이다. 느낀다는 것은 몸의 감각으로 깨닫는 감정이다. 멀리 있는 것을 상상하고 유추하는 것이 아니라 내 곁에 있는 것을 직접 만져보면서 느끼는 것이다.

하지만 세상은 행복을 느끼는 것이 아니라 '소유하는 것'이라 말한다. 세상의 행복은 소확행이 아니라 다多확행, 대大확행, 고

高확행이다. 남이 가진 것보다 많고, 크고, 높아야 한다. 소유하기 위해서는 남보다 앞서야 하는 것은 물론 때로는 남의 것을 빼앗아야 한다.

소확행을 느끼기 위해서는 이런 치열한 일상에서 잠시 벗어나야 한다. 일상에서 벗어나면 자유로운 나와 대면할 수 있고, 그 대면을 통해 잃어버렸던 감각을 회복하여 주변의 작은 일상이 얼마나 행복한 것인지 느낄 수 있기 때문이다. 그 느낌은 삶에 지친 자신을 위로하고, 격려하고, 안아줄 수 있게 만든다.

무라카미 하루키가 말한 '갓 구운 빵을 손으로 찢어 먹는 행복, 서랍 안에 반듯하게 접어 넣은 속옷이 잔뜩 쌓여 있는 것을 보는 행복'을 느낄 수 있다.

오늘 저녁에는 한동안 가까이하지 못했던 한강변을 걸었다. 조금은 늦은 시간인데도 사람들이 많았다.

자전거를 타는 사람들.

그룹을 지어 달리기하는 젊은 사람들.

벤치에 앉아 도란도란 이야기를 나누는 연인들.

아이들과 함께 운동을 하는 가족들.

홀로 조용히 걷고 있는 사람들.

그런 사람들을 보면서 많은 생각으로 무겁기만 하던 마음이 조금은 가벼워지는 듯하다. 그리고 소소하지만 작은 일상에서 행복하게 '미소 짓는 나'를 본다. 작은 일상에 미소 짓는 나를 본지 참 오래된 것 같다.

행복은 소유가 아니라 느낌이라는 것을 다시 떠올리게 하는 저녁이다.

064

겸손, 낮춤이 아닌 높임

'겸손'은 나를 낮추는 것보다

'상대방을 높이는 것'이 더 우선되어야 한다.

최고의 겸손은

그 사람의 말을 잘 들어주는 것傾聽이다.

겸손謙遜은 자신을 낮추며 상대방을 인정하고 높이는 마음의 상태를 말한다. 하지만 과하면 모자람만 못한 것이 겸손이기도 하다. 지나친 겸손은 자신은 낮추지만, 상대방을 인정하고 높이는 마음이 없는 가식적인 행동처럼 보일 수 있어 무례하게 비칠 수 있기 때문이다.

겸손은 나를 낮추는 것보다 '상대방을 높이는 행위'가 더 우선되어야 한다. 상대방을 높이는 행위 중에서도 '그 사람의 말을 잘 들어주는 경청傾聽'이 최고의 겸손이 아닐까 싶다. 경청은 단순히 상대의 말만 듣는 것이 아니라, 그 말에 숨겨져 있는 상대방의 마음을 이해하고 교감하는 것이다. 경청은 상대를 '존중'하는 자세다. 자신의 말을 들어주는 사람. 자신의 생각을 읽어주는 사람. 자신의 소망을 이해해주는 사람. 그런 사람에게 내적으로 발현되는 감정이 바로 '존중'이다.

겸손은 경청을 통해 존중으로 성숙되어 돌아온다. 존중이 살아 숨 쉬는 세상이 바로 '사람 사는 세상'이다. 겸손은 결국 사람 사는 세상을 만드는 시작이다.

얼마 전 국회의원 선거가 끝났다. 때만 되면 국민들 앞에 나타나 머리 숙이며 사람들 말을 귀담아듣는 척하는 뻔뻔한 사람들이 오늘도 겸손을 떨면서 가식과 탐욕으로 사람들을 기만하는 세상이다.

사람 사는 세상이 너무 멀리 있는 것은 아닌지 안타까운 마음이 든다.

065

나 그리고 나

'나'는 소리치라고 하는데,

또 '나'는 침묵하라고 한다.

'나'는 분노하라고 하는데,

또 '나'는 인정하라고 한다.

'나'는 할 수 있다고 하는데,

또 '나'는 포기하라고 한다.

'나' 그리고 또 '나'

오늘도 이 둘은 '나'를 힘들게 한다.

조성모라는 가수가 부른 〈가시나무〉라는 노래의 가사처럼 내 속엔 또 다른 내가 너무도 많은 것 같다.

내 속엔 내가 너무도 많아. 당신의 쉴 곳 없네.

내 속엔 헛된 바램들로 당신의 편할 곳 없네.

세상을 따르는 '나',

세상을 거부하는 '나',

그리고 그렇게 싸우는 '나'를 보는 '나'.

도대체 어떤 '나'가 '진짜 나'인지 모를 때가 많다. 한 사람은 세상을 향해 분노를 쏟아내고, 한 사람은 그런 세상을 인정하려 한다. 한 사람은 세상을 향해 소리치라고 하는데, 한 사람은 침묵하라고 한다. 한 사람은 할 수 있다고 하는데, 한 사람은 그만 포기하라고 한다.

오늘도 너무나 다른 나를 지켜보며 이러지도 못하고, 저러지도 못하며 힘겹게 하루를 보낸다. 내 속의 헛된 바람들로 점점 지쳐만 간다. 지쳐가는 내 마음은 날카로워진 가시가 되어 나를 찌르고, 오늘도 쉴 곳을 찾아 지쳐 다가온 사람들이 내 속의 가시에 찔려 내 곁을 떠나간다. 내 속엔 내가 너무나 많다.

쉴 곳을 찾아 지쳐 날아온 어린 새들도

가시에 찔려 날아가고, 내 속엔 내가 너무도 많아서

당신의 쉴 곳 없네.

066

꽃처럼 당당하게

삶을 제대로 살 줄 아는 사람들은

늘 곁에 꽃을 두고 산다는

법정의 말에 잠시 머물러본다.

하지만 꽃을 곁에 두고 살지 못하는 이유는

삶을 사는 것이 아니라

살아야 하기 때문이다.

꽃은 비록 홀로 존재하지만 조급하지도 초라하지도 않다. 오히려 도도하게 세상 앞에 자신을 드러낸다. 무리 지어 피어 있는 꽃일지라도 그 속을 들여다보면 같은 꽃은 하나도 없다. 색깔이 다르고, 크기가 다르고, 향기가 다르다.

하지만 꽃은 서로 다투지 않는다. 더 돋보이려고 노력하지도 않고, 옆의 꽃에 해코지하지도 않는다. 또한 조급하게 서둘러 피지도 않고, 늦게 피지도 않는다. 사람들에게 잘 보이려고 애쓰지도 않는다. 그저 자연이 허락하는 따스함에 반응하여 꽃문을 열 뿐이다.

그렇게 연약하고 작은 존재인 꽃이지만 늘 활짝 웃는 모습으로 세상을 맞이한다. 때로는 도도하리만큼 여유로운 모양으로 세상 앞에 모습을 드러낸다. 사람들은 꽃의 여유로움과 도도함에 머리 숙인다.

꽃처럼 살고 싶지만 세상은 그리 너그럽지 않다. 꽃을 가까이 두지 못하는 이유는 삶을 살기보다는, 삶을 살아야 하기 때문이다. 스스로 삶의 주인이 되지 못하고, 늘 무엇인가에 이끌려 살아야 하는 것이 현실인데 어찌 꽃과 같은 여유로움을 품을 수 있겠는가. 어찌 도도하게 살아갈 수 있겠는가.

삶을 제대로 살 줄 아는 사람이 늘 꽃을 곁에 둔다는 말은 들판에 피는 꽃처럼 살라는 의미이다. 스스로 삶을 결정하고, 그 결정에 조급하지 않은 것. 누군가에게 의지하지 않고 홀로 살면서도 초라해 보이지 않는 것. 다소 교만하다는 이야기를 들어도 세상 앞에 당당히 서는 것이다.

사람이 꽃보다 아름답다는 정지원 시인의 시처럼 누가 뭐래도 마지막까지 서로 어울리는 사람들은 꽃처럼 홀로 피더라도 조급하지도 초라하지도 않으면서 도도하게 세상의 주인으로 살아갈 수 있을 것이다.

지독한 외로움에 쩔쩔매도
거기에서 비켜서지 않으며
어느 결에 반짝이는 꽃눈을 닫고
우렁우렁 잎들을 키우는 사랑이야말로
짙푸른 숲이 되고 산이 되어
메아리로 남는다는 것을

강물 같은 노래를 품고 사는 사람은 알게 되리
내내 어두웠던 산들이 저녁이 되면
왜 강으로 스미어 꿈을 꾸다
밤이 길수록 말없이
서로를 쓰다듬으며 부둥켜안은 채
느긋하게 정들어 가는지를

- 정지원 〈사람이 꽃보다 아름다워〉 중에서

067

항해

잠시의 여유도 허락하지 않는 세상은

뭔가 가득 차 있는 것 같지만

텅 빈 세상이다.

잊었던 사람들이 있는 곳으로 돌아가고 싶다.

밀려드는 선택과 그 선택의 무거운 책임 앞에서 하루가 어떻게 지나가는지 모를 정도로 빈틈없이 촘촘한 하루의 연속이다.

잠시 피곤한 머리를 식히기 위해 핸드폰을 켜고 로드 스튜어트의 〈sailing〉이란 팝송을 찾아 틀었다. 오늘따라 로드 스튜어트의 허스키한 목소리가 가슴에 와닿는다.

I am sailing, I am sailing.

home again, across the sea

I am sailing, stormy waters.

To be near you, to be free.

우리의 삶이 이렇다. 잠시의 여유도 허락하지 않는 이 세상은 뭔가 가득 차 있는 것 같지만 아무것도 없는 텅 빈 세상이다. 아무것도 없는 텅 빈 세상이 주는 허탈감은 다시 그리운 사람과 그리운 자유를 찾아 떠나고 싶은 욕망을 자극한다.

오늘도 아침에 눈을 뜨고 다시 잠자리에 들 때까지 수많은 말을 쏟아냈지만 그 속에 진실은 없었다. 내가 무슨 말을 했는지 기억에서 사라지는데 그리 많은 시간이 필요치 않다.

누군가와 마주 앉아 정겹게 이야기를 나눈 기억이 너무 오래다. 내 시간과 기억에서 진실이 점점 사라져가는 것이 나를 버겁게 한다. 나도 노래 가사처럼 바다와 폭풍을 뚫고 사랑하는 사람과 자유가 있는 고향을 향해 항해를 시작하고 싶다. 사랑하는 사람들이 있는 곳. 자유가 있는 곳으로 떠나고 싶다.

되돌아가기 쉽지 않겠지만 그래도 가고 싶다. 그리고 그곳에서 알프레드 디 수자가 꿈꾸던 모습으로 살고 싶다.

춤추라, 아무도 바라보고 있지 않은 것처럼

사랑하라, 한 번도 상처받지 않은 것처럼

노래하라, 아무도 듣고 있지 않은 것처럼

일하라, 돈이 필요하지 않은 것처럼

살라, 오늘이 마지막 날인 것처럼

- 알프레드 디 수자, 류시화 엮음

《사랑하라 한번도 상처받지 않은 것처럼》 중에서

068

나만 모르는 것들

나는 이미 다른 사람들이 기대하는 것을

너무나 많이 가지고 있었다.

단지 나만 몰랐을 뿐이다.

책상 그리고 그 위에 놓인 컴퓨터, 많은 서류. 벽에 걸린 액자, 라디오의 음악 소리 그리고 창밖의 나무들. 아침에 출근하면 매일 똑같이 보이는 내 사무실 풍경이다. 늘 변하지 않고 그 자리에 있는 일상 중의 일상이다. 나에게는 그 어떤 특별함도 느껴지지 않는 것들이다.

어느 날 사무실에서 업무 미팅이 있었다. 사람들이 내 사무실로 들어오더니 주변을 두리번거리며 한마디한다.

"이런 사무실은 처음 와봅니다. 신기하고, 멋집니다."

(당시 나는 전방 사단장으로 근무 중이었다.)

순간 머리가 멍해지는 것을 느꼈다. 나에게는 특별할 것 하나 없는 따분한 일상의 흔적들인데, 누군가에게는 새로움과 멋짐으로 받아들여진다는 사실이 매우 당혹스러웠다. 아니 그 말이 나를 아프게 했다.

'도대체 무엇이 나를 이렇게도 무감각하게 만들었을까?

나는 지금 무엇을 더 기대하고 있을까?'

그 사람들이 떠나고 난 뒤 가만히 사무실을 둘러보았다. 창밖의 낮은 목련이 유독 하얗게 다가온다. 저 멀리 산자락에 물들어가는 따스한 봄기운이 느껴진다. 행복은 소유가 아닌 느낌이라는 것이 새삼 다가온다.

나는 이미 다른 사람들이 기대하는 것을 너무나 많이 가지고 있으면서 그것을 모르고 있었다.

069

나도 떠나고 싶다

마당 외진 구석에 이름 모를 꽃이 피어

"왜 이런 곳에서 피었을까?" 혼잣말로 물었다.

그 꽃이 작은 소리로 속삭인다.

"이곳이 좋아서가 아니에요."

가만히 눈을 감으니

그때서야 그 꽃의 떨림이 느껴진다.

'떠나고 싶다'는.

어느 자동차 광고 카피에 이런 말이 있었다.

수고한 당신! 어디론가 떠나라.

은퇴하신 분들은 대부분 은퇴하자마자 여행을 떠나는 경우가 많다. 특히 공직에 계셨던 분들은 자리에서 벗어난 해방감에 어디론가 떠나고 싶은 충동을 느낀다.

어느 날 마당 한구석에 이름 모를 꽃이 피어 있는 것을 보고, 문득 이런 생각이 들었다.

'이 꽃은 왜 이렇게 구석진 곳에 피었을까?'

꽃은 누가 자리를 옮겨주지 않으면 평생 한곳에서 생명을 다한다. 꽃도 정년이라는 것이 있었다면, 사람들처럼 먼 곳으로 여행하고 싶었을 것이다. 잠시나마 눈을 감고 꽃의 마음을 상상해본다. 누군가 나에게 묻는다면 아마 나도 꽃처럼 대답할 것 같다.

나도 떠나고 싶었다. 자유롭게.

하지만 떠날 수 없었다. 사랑하는 사람들 때문에.

이제 그만

당신의 그 사랑이 아프고

당신의 그 미소가 슬프고

당신의 그 위로가 버거울 때가 있습니다.

이제 그만하세요.

그냥 혼자 있게 해주세요.

지금까지 참 많은 사람으로부터 사랑과 관심을 받으며 살았다. 나를 사랑해주는 사람들이 있었기에 앞만 바라보며 살았고, 그 사람들의 미소가 있었기에 포기하지 않았다.

그런데 어느 순간부터 주변의 사랑과 관심이 마냥 따뜻하게만 느껴지지 않았다. 아니 부담스러워지기 시작했다. 살아가는 힘이 되기보다는 감당하기 어려운 책임으로 다가왔다.

빙상 국가대표 중에 이규혁이란 선수가 있었다. 젊은 시절 대한민국의 빙상을 이끌어갈 스타로 부상하면서 많은 사람의 사랑과 관심을 받았던 선수다.

그러나 주변의 기대가 너무 컸었는지 올림픽에 여섯 번이나 참가했지만 메달을 따지 못했다. 이규혁 선수가 2014년 소치 동계올림픽 1,000미터에 출전해 21위라는 성적을 끝으로 선수 생활을 마무리하는 순간의 소감을 묻는 언론 인터뷰에서 이렇게 말했다.

> "홀가분하다. 오늘 아침 거울을 보면서 핏줄이 드러난
>
> 식스팩과는 끝이라고 생각했다.
>
> 선수로는 마지막 레이스였다. 다음 올림픽은 없다.
>
> 더 이상은 없다."

이규혁 선수는 메달도 없이 여섯 번의 올림픽에 출전해야만 했던 고통을 내려놓으면서 홀가분하다는 말을 남겼다. 그리고 행복했다는 말도 잊지 않았다.

여섯 번의 올림픽은 25년이라는 시간을 의미한다. 30여 년의 군 생활을 보낸 나와 크게 다르지 않다. 나 또한 주변 사람들

의 사랑과 기대 때문에 포기하고 싶은 마음을 계속 움켜잡고 버텼다. 그래서 지금까지 올 수 있었지만 이제는 벅차게 느껴진다. 어느덧 긴 레이스를 마무리할 때가 된 것 같다.

문득 파트리크 쥐스킨트의 소설 《좀머 씨 이야기》의 마지막 내용이 떠올라서 책장 속에 꽂혀 있던 책을 꺼내 들었다. 이제 모든 것을 내려놓고 싶다. 그것이 비록 기쁨이 아닌, 또 다른 부담이 되더라도.

하지만 그것은 두려움이나 죄책감 혹은
양심의 가책에서 비롯된 것은 아니었다.
그것은 나무 위에서 들었던 그 신음 소리와
빗속을 걸어갈 때 떨리던 입술과 간청하는 듯하던
아저씨의 말에 대한 기억 때문이었다.
"그러니 나를 좀 제발 그냥 놔두시오!"

071

자꾸 생각에 잠길 때

왠지 모를 불안 속에서 나를 분리시켜보지만

순리를 거부한 기초 없는 상상 속에서 허덕이고 있다.

나는 시대의 일부에 지나지 않는다.

내 속에 시대의 흐름이 있는 것이 아니라는 것을 기억하자.

과거에 대한 집착에 나를 버려두고 있을 수는 없다.

밤새 이런저런 생각에 잠 못 들고 뒤척이는 것이 습관이 되었다. 잠시 생각을 멈춰보려 해도 마음같이 잘 되지 않는다. 내가 시대를 책임져야 한다는 착각에 함몰되어 긴 밤을 새운다. 순리를 거부한 기초 없는 집착에 불과한 생각이 나를 놓아주지 않는다.

나는 배웠다.

아무리 내 마음이 아프다 하더라도 이 세상은

내 슬픔 때문에 운행을 중단하지 않는다는 것을.

타인의 마음에 상처를 주지 않는 것과

내가 믿는 것을 위해 내 입장을 분명히 하는 것.

이 두 가지를 엄격하게 구분하는 일이 얼마나 어려운가를.

작가 미상의 〈나는 배웠다〉라는 시의 일부이다. 시인의 말처럼 세상은 한 사람의 아픔이나 슬픔 때문에 멈추지 않는다. 오늘도 그리고 내일도 타인의 마음에 상처를 주고, 내가 믿는 것을 위해 분명히 내 입장을 말하는 것을 허락하지 않는 비정한 세상일 뿐이다.

순리를 거부한 기초 없는 집착에서 벗어나 지금의 나로 돌아와야 한다. 비록 시대를 향해 꿈틀거려보지만 결국 나 또한 시대의 일부에 지나지 않을 뿐, 그 자체가 아니라는 것을 인정해야 한다.

그 인정만이 나를 과거의 집착으로부터 빠져나오게 하는 유일한 희망이다. 과거를 핑계로 오늘을 방치하는 게으름에서 깨어나야 한다.

072

세상이 나에게 묻는다.

세상이 나에게 묻는다.

'도대체 내가 무엇을 그리 잘못했는지.'

세상이 나에게 말한다.

같이 걸으며 이야기를 나누고 싶었다.

요즘 종종 주변 사람의 관심으로부터 멀어져가는 나를 느끼면서 '어쩔 수 없지!' 하는 마음이 들긴 하지만 왠지 편치만은 않다. 세상으로부터 잊히는 것에 이제 익숙해져야 하는 현실인데 왜 이렇게 서운한 마음이 드는지 모르겠다.

생각해보니 나도 많은 사람을 잊고 살았다. 부모님도 잊었고 스승도 잊었고 친구들도 잊었다. 요즘 누군가로부터 잊히는 것에 서운함이 드는 것처럼 내가 잊었던 많은 사람도 나에게 많은 서운함을 느꼈을 것이다.

세상이 나를 외면하는 것이 아니라 내가 세상을 외면하고 있었다는 생각이 나를 깨운다.

세상이 나에게 묻는다. '도대체 내가 무엇을 잘못했기에 그토록 나를 거부했는지.'

문득 이런 생각이 든다. 내가 누군가와 이야기하고 싶은 것처럼, 내가 잊었던 그 사람들도 나와 이야기하고 싶지 않을까. 가만히 내 기억을 뒤져 잊고 있었던 사람들을 떠올려본다.

내가 외면했던 사람들이 나에게 말하는 소리가 들린다.

"당신과 같이 걸으며 이야기하고 싶었다"고.

073

나를 안아주다

나를 포용하지 못하기 때문에

다른 사람을 포용할 수 없었다.

이것이 지금 내 곁에 사람이 없는 이유다.

어느 날 아내와 사소한 문제로 다투고 서먹하게 지내고 있을 때의 일이다. 누군가에게 상처를 받으면 쉽게 잊히지 않는데 상대방이 아내처럼 가까운 사람이라면 그 상한 마음은 더 오래 간다.

최근 주변 사람과의 갈등으로 힘든 마음을 달래기 위해 아내와 산책을 하던 중에 내 딴에는 위로를 받고 싶은 생각에 주변 사람들에 대한 불만을 털어놓았다.

그런데 아내의 반응은 나의 기대를 완전히 벗어났다. 아내는 불만을 쏟아내는 나를 보고 오히려 기다렸다는 듯 단호한 어투로 한마디 던졌다.

"당신이 포용력이 부족해서 그래요.
그 사람들 입장을 다 안다고 생각하지 마세요."

갑자기 망치로 머리를 맞은 듯 당황스러워 말을 이어가지 못했고, 머리를 식히려던 산책은 오히려 머리를 더 복잡하게 만들고 말았다. 포용력이 부족하다는 아내의 말은 생각보다 오래 상처로 남았다. 나름 많이 절제하고 이해하며 산다고 생각했는데 다른 사람도 아닌 아내가 그렇게 말하니 더 서운한 마음이 깊어졌다.

아내와 냉전의 시간이 점점 길어질 즈음, 아내가 알 수 없는 표정으로 다가오더니 조심스레 말을 꺼냈다.

"내가 마음 상하게 했다면 이해하고, 잊어버려요."

그 말을 듣는 순간 갑자기 더 화가 나기 시작했다. 아내의 말이 전혀 화해의 말로 다가오지 않았기 때문이다. 문제는 바로 '했다면'이란 말 때문이다.

'도대체 무엇을 했다는 거야?

화나게 했다면 자기가 사과를 해야지,

왜 나보고 이해하고 잊으라는 거야!'

아내의 뜻하지 않은 화해(?)로 마음은 더 불편해지고 말았다. 아내는 아직도 나에게 잘못이 있다고 생각하는 것 같았다. 그러나 이 불편한 관계를 정리하고 싶은 마음에 화해의 말을 건넨 듯했다.

처음의 서운함은 이제 무시당한 듯한 마음에 돌이킬 수 없는 상황까지 가버리고 말았다. 아내의 화해를 받아들이지 못한 불편한 심기를 달래기 위해 잠시 창밖을 내다보며 마음을 가라앉히고 있는데 문득 한 생각이 뇌리를 스쳤다.

아! 내 곁에 사람이 없는 이유를 알겠다.

바로 지금의 내 모습 때문이구나.

말로는 늘 사람을 말하면서 사람을 멀리했다. 그래서 내가 누군가를 화나게 했으면서도 먼저 사과하지 못하고, 상대방에게 용서나 이해를 강요하지는 않았을까. 아내에게 느낀 그 서운함을 얼마나 많은 사람이 나에게 느끼고, 나를 떠나갔을까.

지금 내 곁에 사람이 없는 이유를 알 것 같다. '사람을 받아들이는 마음', 바로 이것이 없어서 내 주변에 사람이 없는 것이다. 지금 내가 느끼는 이 지독한 외로움이 조금은 이해가 된다.

아내가 말했던 포용력은 타인을 끌어안는 마음보다 바로 나를 끌어안는 마음이라는 생각이 들었다. 나를 포용하지 못했기 때문에 다른 사람을 포용할 수 없었던 것이다. 나를 화나게 했던 사람은 아내도, 주변 사람도 아닌 바로 나였다는 것을 깨달았다.

074

지독한 외로움

기다림과 외로움에 지쳐

살아 있다는 기쁨조차 잊은 채

오늘도 하루가 지나가고 있다

지금 내가 기다리고 있는 것은 무엇인가?

이 지독한 외로움은 무엇을 바라는 것인가?

주변의 일상은 너무나 분주한데 왠지 혼자 남겨진 듯한 느낌에 불안한 마음이 들곤 한다. 시간이 가면서 모든 것이 넉넉해졌는데 왜 자꾸 외로워지는지 모르겠다.

아마도 모든 것이 넉넉해지는 동안 '내 삶의 시간'이 줄어든 게 이유가 아닌가 싶다. 일상이 넉넉해지면 기쁨이 있을 법도

한데 도대체 무엇을 기다리기에 하루하루를 초조하게 지내고 있는지 모르겠다.

법정 스님과 최인호 작가가 나눈 대담을 엮은 《꽃잎이 떨어져도 꽃은 지지 않네》라는 책에서 법정 스님이 이런 말을 한다.

사람은 때때로 외로울 수 있어야 합니다.
외로움을 모르면 삶이 무디어져요.
하지만 외로움에 갇혀 있으면 침체되지요.

외로움은 옆구리로 스쳐 지나가는
마른바람 같은 것이라고 할까요.
그런 바람을 쏘이면 사람이 맑아집니다.

아마도 나는 외로움에 갇혀 있는가 보다. 아직은 외로움이 나를 맑게 하는 바람으로 다가오지는 않는다. 아직 '나'를 위해 해주고 싶은 것이 많다. 지독한 외로움에 갇힌 나를 위해 해야 할 것이 아직 많이 남아 있다.

옆구리를 스쳐 지나가는 바람처럼 지금의 외로움을 씻어낼 준비를 해야겠다. 그리고 그 바람으로 더 맑아진 나를 맞이하며 환하게 미소 짓고 싶다.

075

내일을 위한 기도

1

아침에 눈을 뜨고 하루를 시작하지만

그 하루가 모두가 갖는 축복이 아니라는 것을

알게 하소서.

분주한 일상이지만

분주함이 모두가 갖는 활력이 아니라는 것을

알게 하소서.

하루를 마치고 마주 앉아 함께 식사하는 것도

모두가 누릴 수 있는 행운이 아니라는 것을

알게 하소서.

2

세상의 모든 사람이

항상 성공하는 것은 아니라는 것을 알게 하소서.

다만 실패 앞에

떳떳한 사람과 비굴한 사람이 있다는 것은

알게 하소서.

떳떳한 사람은 과정에 충실하고

실패를 부끄러워하지 않지만,

비굴한 사람은 과정에 소홀하고

실패의 핑계를 찾는다는 것을

알게 하소서.

3

자신이 선택한 것이면

비록 작은 일이라도 책임을 다하게 하소서.

자신이 선택한 것이라면

비록 누가 알아주지 않아도 최선을 다하게 하소서.

작은 일에 충실하지 못하면서

더 큰일을 생각하는 것이

얼마나 부질없는 짓인가를 알게 하소서.

후기

구름이 하늘을 꿈꾸다

잠시 지나온 길을 되돌아본다.

저 멀리 길이 시작되는 자락에 희미한 것이 보인다.

'다름 아닌 나의 꿈이다.'

나의 꿈을 놓아둔 채,

세상의 꿈을 좇아 여기까지 왔다.

하지만 너무 멀리 와버렸다.

내 꿈으로 돌아가기에는.

분명히 나의 꿈을 좇아 여기까지 달려왔는데 어느 순간 나를 돌아보면 '내가 왜 여기에 있지?' 하는 상실감에 빠지곤 한다. 누군가 나에게 당신의 꿈은 무엇이었느냐고 묻는다면 쉽게 답하지 못할 것 같다. 잠시 생각해본다.

'내 꿈이 무엇이었더라?'

누구나 마음 깊숙한 곳에 자신만의 꿈을 간직하고 있을 것이다. 어떤 사람은 삶의 구속에서 벗어나 자유롭게 세상을 여행하고 싶은 꿈을, 어떤 사람은 세상에서 외면받는 사람들을 돕고 싶은 꿈을, 어떤 사람은 누군가의 마음을 대신해줄 수 있는 시와 노래를 쓰고 싶은 꿈을.

그렇다. 꿈은 '하고 싶은 것'이다. 하지만 세상은 꿈을 하고 싶은 것이 아니라 '되고 싶은 것'이라고 가르친다. 세상이 가르치는 '되고 싶은 것'을 좇아 달리게 만든다.

잠시 거친 숨을 몰아쉬고 지나왔던 길을 되돌아본다. 저 멀리 길의 시작점에 어렴풋이 보이는 것이 있었다. 자세히 보니 다름 아닌 '나의 꿈'이었다. 다시 고개를 돌려 앞을 보니 내 앞에 보이는 것은 나의 꿈이 아닌 '세상의 꿈'이다.

시작점으로 다시 돌아가 나의 꿈을 찾기에는 너무 멀리 와 버렸다는 뒤늦은 상실감은 나의 어리석음에 대한 원망으로 바뀐다.

류시화 시인이 《삶이 나에게 가르쳐준 것들》이란 책에서 말한 것처럼 나도 흘러가는 구름이 아니라 푸른 하늘로 남아 세상을 주시하고 싶었다.

너의 마음이 담긴 길을 걷고 있지 않다.
다만 생각에 끌려다닐 뿐이다. 먼저 집착을 버려라.
그것이 무엇이든지 너의 삶에 어떤 일이 일어나든지.
그 모든 것을 흐르는 구름이라고 생각하라.

그리고 너는 푸른 하늘로 남아 있어라.
쉴 새 없이 흐르는 구름이 되지 말고,
너를 주시하는 자가 되라. 그러면 사념에서 해방될 것이다.

지금까지 스스로를 쉴 새 없이 흐르는 구름이라 생각했다. 세상을 주시하는 자가 되지 못하고 사념에 빠져 세상에 구속되어 살아왔다. 이제는 푸른 하늘이 되어보고 싶다. 아직 오지 않은 내일에는 구름이 아닌 하늘이 되는 꿈을 품어본다. 세상이 바라는 길이 아니라, 내 마음이 원하는 길을 걸어보고 싶다.

내가 만나게 될 사람과 삶 그리고 나를 편견 없이 바라보고 싶다. 돋보기안경을 쓰고 컴퓨터 자판을 어설프게 두드리면서 꿈의 조각들을 모아간다. 꿈의 조각들이 퍼즐처럼 하나하나 맞춰지면서 모습을 드러낸다. 왠지 가슴이 뛴다.

'구름이 하늘을 꿈꾸며 세상을 내려다본다.'

잠시 멈추고 싶다.
가슴이 따뜻해질 때까지

1판 1쇄 인쇄 | 2020년 7월 24일
1판 1쇄 발행 | 2020년 7월 31일

지은이 | 김선호

펴낸이 | 성계제
펴낸곳 | 광창문화사
출판신고번호 | 제2008-000007호 신고일자 | 2008년 10월 6일
주소 | 인천광역시 남구 석정로 200. 3층
전화 | 032-883-0881 팩스 | 032-882-9553

값 12,000원

ISBN 979-11-952217-8-3 03810

이 도서의 국립중앙도서관 출판예정도서목록(CIP)은 서지정보유통지원시스템 홈페이지(http://seoji.nl.go.kr)와 국가자료공동목록시스템(http://www.nl.go.kr/kolisnet)에서 이용하실 수 있습니다. (CIP제어번호 : CIP2020030629)

*잘못 만들어진 책은 구입하신 서점에서 교환해 드립니다.